夫婦商売《めおと》

時代小説アンソロジー

青山文平　宇江佐真理　澤田瞳子
諸田玲子　山本一力　山本兼一
末國善己＝編

角川文庫
23117

目次

もみじ時雨

山本一力

山本一力（やまもと・いちりき）
1948年高知市生まれ。東京都立世田谷工業高等学校卒業。旅行代理店、広告制作会社、コピーライター、航空関連の商社勤務等を経て、97年「蒼龍」でオール讀物新人賞を受賞。2002年『あかね空』で直木賞を受賞。江戸の下町人情を得意とし、時代小説界を牽引する人気作家の一人。他に『牛天神　損料屋喜八郎始末控え』『長兵衛天眼帳』『湯どうふ牡丹雪　長兵衛天眼帳』などがある。

一

九月の中旬までは、まだ夏がどこかに居座っていたのかと思うほどに暑い日が残った。

が、季節は律儀者である。

出遅れ気味だった秋を、十月の上旬で一気に取り戻した。日を追うごとに、朝の冷えがきつくなった。

まねき通りの掃除は他町同様に、明け六ツ（午前六時）から始まった。

が、他町と大きく異なるのは、掃除をするのが商家の小僧ではないことだ。この通りに暮らす年配者たちが、毎朝竹ぼうきを手にして通りの掃除を受け持っていた。

朝の通り掃除をする年配者の身なりを見れば、季節は分かる。

桜が咲き始めると、冬場に羽織ってきた綿入れの厚みが薄くなった。

菖蒲の五月には半纏に替わり、梅雨明けのあとは薄物の着流しとなった。

そして八月十五日の富岡八幡宮例祭が終わると、また半纏を羽織って秋を迎える。これが毎年の、掃除役の衣替えとなっていた。

ところが今年は九月に入っても、朝の掃除に半纏を着ている年配者は数少なかった。

「半纏を羽織るよりは、薄物着流しが楽だからねえ」

朝の通りで、だれもが言い交わした。

しかし十月上旬になると、一日ごとに朝の冷え方がきつくなった。そして十月の十日過ぎからは、秋が深まるというよりも、冬のおとずれを感ずるような朝を迎え始めた。

「今年の季節というものは、いったいどんな移ろい方をしようという気なのか」

駄菓子屋『うさぎや』の徳兵衛は、竹ぼうきを手にしたまま空を見上げた。藍色の空は、底なし沼を思わせるほどに奥深くまで晴れていた。

「九月まで夏が居座っていたかと思うと、一足飛びに冬が近づいてくるという始末じゃないですか」

「まったく、あんたの言う通りだ」

徳兵衛に相槌を打ったのは、瀬戸物屋『せとや』の隠居、徳右衛門《とくえもん》である。来年で古稀を迎える徳右衛門は、まねき通り一の年長者だ。

「いきなりここまで冷え込まれては、弁天池のもみじもどの色味を出そうかと、戸惑っているに違いない」

徳右衛門の言い分に、徳兵衛は竹ぼうきを強く握ってうなずいた。

うさぎやとせとやは、まねき弁天を挟んで隣同士の間柄だ。そしてうさぎやあるじの徳兵衛と、せとや隠居の徳右衛門は、同じ徳の字で名が始まっている。

徳右衛門のほうが徳兵衛より一回りも年長で、ふたりともまねき通りではうるさ型の年寄りで通っていた。

そんなふたりだが干支《えと》が同じということもあり、すこぶるうまがあった。

とはいえ徳兵衛の、徳右衛門に対する物言いにも仕草にも、年長者に対する敬いがあった。

「ここまで朝の冷え込みがきつくなっては、わしのやせ我慢も限りというもんだ」

明日の朝からは、薄手の綿入れを羽織ろうと思う……徳右衛門は綿入れに袖を通す身振りを示した。

「徳右衛門さんがそうしてくだされば、わしも誰はばかることなく綿入れに袖通しができます」

徳兵衛は正味の喜びを浮かべた。

毎年、徳右衛門が綿入れに袖を通すのは、弁天池のもみじが色づいたあとというのが、まねき通りの決めごとになっていた。

まねき弁天の社の裏側には、周囲およそ二町（約二百十八メートル）の池があった。その池を取り囲むように、五十本のもみじが植わっていた。

秋が深まり、朝夕の冷え込みがきつくなるともみじの色づきは見頃となる。晴れた日は、弁天池にもみじが映り込んで、見事な眺めを見せてくれた。

池の周りにもみじを植えたのは、木場材木商の旦那衆である。

「冬木町のお大尽は、やることの桁が違う。春の花見も秋のもみじ見物も、どっちも町内で済ませるてえんだ」

「それもチビた箱庭じゃねえ。桜ももみじも、並木で群れになってるてえんだ」

冬木町の住人は、ことあるごとに町内自慢をやる。弁天池のもみじ五十本も、自慢のひとつになっていた。

今年の九月は日中暑い日が続き、十月一日を迎えたあとももみじは緑葉のままだった。

「こんな調子で、十月十五日からのもみじ祭は大丈夫かなあ」

まねき通り商家が気を揉んだ。

十五日からの十日間、まねき通りには多くのもみじ見物客が押し寄せる。商いにも絶好の折りということで、毎年、それぞれの店が売り出しに趣向を凝らした。

肝心のもみじが緑葉なのを見て、商家は案じ顔を拵えていたのだが……。

帳尻合わせに励むかのように、十月十日から冷え込みが激しくなった。十月十三日のいまでは、もみじも鮮やかに色づいていた。

「あの夫婦というものは、遠目に見ても見間違えることはないね」

徳右衛門は竹ぼうきの柄を、まねき弁天の境内に向けた。

履き物屋『むかでや』当主の藤三郎《とうさぶろう》と内儀のおみねが、境内奥の弁天池に向かっていた。

五尺三寸（約百六十一センチ）の藤三郎よりも、おみねのほうが三寸も背が高い。

五尺六寸（約百七十センチ）のおみねは、まねき通り一の女偉丈夫だった。

明るい気性で客あしらいがよく、客にはすこぶる評判がいい。

「むかでやさんは、職人の技量のよさもさることながら、ご内儀でもっているも同然だ」

徳右衛門も、おみねは大のお気に入りである。遠目にも見間違えることがないという言い方は、ノミの夫婦と揶揄《やゆ》するのではなく、おみねへの親しみが強くにじんでいた。

「池の周りを歩きながら、売り出しの趣向でも思案する気かもしれませんなあ」

ひとの吟味が辛口で通っている徳兵衛も、愛想のいい受け答えをした。

斜めの空から差してきた朝の光が、おみねの帯を照らしている。帯のおたいこの真ん中には、大きなもみじが描かれていた。

二

むかでやは、藤三郎の父親が創業した履き物屋である。

おみねはいまから十七年前の文政二（一八一九）年五月、二十歳の初夏に本所から嫁いできた。

おみねの父親葦時郎《よしじろう》は、鼻緒造りの職人だった。何度も藤三郎は本所をおとずれて、葦時郎と鼻緒造りの商談を進めた。

「むかでやの若旦那は、まだ二十代の半ばだてえのに、じつに鼻緒のことを分かっている」

すっかり気に入った葦時郎は、藤三郎がたずねてくるたびに、おみねに茶菓の支度を言いつけた。

文化から文政へと改元された四月下旬のことで、本所にも薫風が吹き渡っていた。

当時のおみねは十九歳。気立ても器量もいい娘にもかかわらず、周りからは「いかず小母《おば》」になりはしないかと案じられていた。

わけはただひとつ。背丈が五尺六寸もあったからだ。

並の男では、目一杯に髷を高く結ってもおみねの肩ほどしか背丈がない。

「すこぶる気立てのいい娘だがよう。わきに並びてえという男がいねえんだ」

町内の職人たちは、おみねの上背の高さに気後れしていた。

「つまらねえうわさを気に病むんじゃねえ。おめえにお似合いの男は、おれがかならず見つけてやる」

葦時郎がこう言い切ると、おみねは十九になっても嬉しそうにほほえんだ。心底、父親を信じていたからだ。

そんな葦時郎が、藤三郎を気に入った。

上背はおみねよりも低いが、葦時郎はまるで気にもとめなかった。それほどに、藤三郎の人柄に父親は惹かれていた。

さりとて、あからさまに娘との縁談をほのめかしたりはしない。葦時郎がしたのは、念入りに鼻緒を拵えたのと、おみねに茶菓の支度を言いつけたことだった。

藤三郎の本所通いが始まって十カ月が過ぎた、文政二年二月の八ッ（午後二時）下がり。

赤筋の入った厚手のかしら半纏を羽織った冬木町の鳶が、葦時郎の宿をおとずれた。

「むかでやの若旦那が、ぜひともこちらさんのお嬢を嫁にいただきてえと……」

町内鳶のかしらを仲人に立てるという、本寸法の申し出である。筋を重んずる葦時郎は、顔をわずかにほころばせた。

「願ってもねえ縁談でやす」

良縁に拙速なし。

祝言の日取りまで、両日のうちにすべてまとまった。

むかでやを興した藤三郎の父親は祝言の六年後、文政八年に没した。

母親はその三年後、文政十一年の秋に病没。藤三郎の両親とも、息子と嫁に看取られての旅立ちとなった。

「孫の顔が見られなかったことが、たったひとつの思い残しですよ」

嫁に手を握られた姑は、これを言い残して目を瞑った。

藤三郎とおみねの夫婦仲は、まねき通りでも評判が立つほど、すこぶるいい。

大きな身体のおみねは、いささかも骨惜しみをしなかった。

店で商う履き物には、こどもの駒下駄から料理人が履く足駄、辰巳芸者衆が好む高下駄まで、すべてに通じていた。

「この鼻緒のほうが、ずっとよくお似合いですよ」

葦時郎の仕事を見て育ったおみねは、ことのほか鼻緒選びには明るい。似合うと判ずれば、客がほしいという鼻緒よりも、あえて安値の品を勧めたりもした。

「むかでやさんのご内儀に任せておけば、履き物で迷うことはないから」

おみねの評判を聞きつけて、わざわざ仲町から下駄や鼻緒を買いにくる客も多くいた。

職人への目配りも気配りも、おみねに抜かりはなかった。

「むかでやさんの職人は、だれもが本当に居着きがいい」

「おみねさんあってこその、むかでやさんだわねえ」

おみねをわるく言う声は皆無だった。

傍目《はため》にはこのうえなく幸せそうに見える藤三郎とおみねだが、当人たちは人知れぬ悩みを抱え持っていた。

藤三郎は今年が四十二歳の本厄である。

今年を息災に乗り越えれば、あとは大丈夫だからと、夫婦は今年の正月から常に言い交わしていた。

諸事に気を遣い、大事に至らぬように細かなことにまで気を払って過ごしてきた。ところが残るところ十一月、十二月の二ヵ月といういまになって、ひとには言えない大ごとが持ち上がっていた。

おみねのおなかには、祝言から十八年目にして、初の子宝が授かっていた。なによりの慶事だが、おみねはすでに三十七だ。世間体《てい》を考えると、とてもひとには明かせない……夫婦で同じことを思っていた。

朝の弁天池のほとりを、おみねがゆっくりと歩いている。連れ合いをいたわるようにして、藤三郎が従っていた。

赤味の強い朝の光が、池にも届き始めている。朝日を浴びたもみじが、ひときわ葉の色味を赤く際立たせていた。

三

弁天池の周りには、幾つも大きな岩が配されていた。散策する者が、腰掛け代わりに座ることのできる岩である。

なかでも亀の甲羅に似た『夫婦亀岩』は、おとなふたりが並んで座れることで、もみじの見物客にも人気があった。

真っ青に晴れた空の低いところから、朝の光が夫婦亀岩に届いていた。が、早朝ゆえに、まだぬくもってはいなかった。

それでも朝日の当たっている岩は、見るからに暖かそうである。

「そこに腰をおろして、休もうじゃないか」

藤三郎は、光の当たっている岩を指さした。

「まだ歩き始めたばかりですから」

振り返ったおみねは、藤三郎に微笑《ほほえ》みかけた。身体を気遣ってくれる夫の気持ちが嬉しかったからだ。

「そう言いなさんな、無理は禁物だ」

藤三郎から強い口調で勧められて、おみねは微笑みを顔に残したまま岩に座った。

藤三郎はおみねの脇に立ち、池を見た。

大柄なおみねが岩に座ったことで、藤三郎のほうが高くなった。

わずかな風を浴びただけで、五十本のもみじは一斉に枝を揺らす。

さわさわさわっ。

軽やかな音を立てて、もみじが揺れた。

水面に映っているもみじも揺れた。

「朝方に見るもみじが、これほどにきれいだとは思わなかった」

おみねの脇に座った藤三郎は、池の映り込みに見とれていた。

「おまえの身体に無理がかからない限り、晴れた朝はこうしてもみじ見物を楽しもうじゃないか」

「はい」

おみねが声を弾ませて短い返事をしたところに、徳兵衛と徳右衛門が寄ってきた。

ふたりとも、手には竹ぼうきを持ったままだ。

「朝からふたり連れとは、まことに仲睦まじくてよろしい」

徳右衛門は、正味で藤三郎とおみねの仲の良さを称えた。恥ずかしそうにうつむいたおみねが、不意に口元に手をあてた。

強い吐き気に襲われたらしい。

「どうした、おみね」

徳右衛門と徳兵衛がすぐ脇に立っていることにも構わず、藤三郎はおみねの肩に手をあてた。

「心地わるければ、構うことはない。とりあえず、この場に」

吐きなさいと言いかけた口を、途中で止めた。町内のうるさ型ふたりがいることに、いま思いが行き当たったようだ。

徳兵衛と徳右衛門は、わけあり顔を見交わした。

長らく生きてきたふたりはうるさ型ではあっても、人柄は練れている。おみねと藤三郎の様子を見るなり、おなかにこどもを宿していると察した。

「うっ、うん」

大きな咳払いをひとつくれた徳右衛門は、池端のもみじに目を移した。徳兵衛は竹ぼうきを左手に持ち替えて、徳右衛門のわきに並んだ。

「もみじを見ていて思い出したんだが」

徳右衛門は、わきに立っている徳兵衛に顔を向けた。

「『ゑり元』のこのみさんは、今月が産み月じゃなかったかね」

「そうでしたなあ」

徳兵衛が調子を合わせた。

「三人目だから今度こそ男の子がほしいと、大三郎さんは娘ふたりと一緒に、弁天様にほぼ毎日、お願いをしているそうです」

「それはいい」

ほうきの柄の先を両手で持った徳右衛門は、一段、声の調子を高くした。

三日ごとに常磐津《ときわず》の稽古に通っている徳右衛門である。歳を重ねていても、声の響きはすこぶるよかった。

「この町内にこどもが増えるのは、なによりもめでたい」

「そのことです」

応じた徳兵衛は、宗八店に住むおよしは深川でも腕のいい産婆で知られていることを明かした。

「およしさんは口のかたい婆さんです。どんな相談ごとにも、親身になって応じてくれると評判ですから」

「それもまた、いい話を聞かせてもらった」

阿吽《あうん》の息遣いで応じた徳右衛門は、夫婦亀岩のほうに振り返った。徳兵衛もそうした。

岩に座ったままの藤三郎とおみねは、年寄りふたりの話に聞き耳を立てていた。

「まねき通りにこどもが増えれば」

徳右衛門はもう一度、徳兵衛に目を戻した。

「あんたのうさぎやも、ますます繁盛するだろうさ」

徳右衛門は徳兵衛を茶化して、話を締めくくった。

池端のもみじが、嬉しそうに枝を揺らした。

四

天保七年十月十五日、明け六ツ。

まねき通りのもみじ祭初日は、空の青さが一段と深い晴天で明けた。

オギャア、オギャアッ。

真上の空には、まだ暗がりが残っているまねき通りに、すこぶる元気な産声が。

「今朝だったのか」

「あの声なら、きっと……」

竹ぼうきを手にした徳兵衛と徳右衛門が、言葉を交わし始めたとき。

「やりましたあ」

ゑり元から飛び出した大三郎は、右腕を突き上げて徳兵衛たちに駆け寄った。

「生まれたか」

徳右衛門の声がすこぶる弾んでいた。

「はいっ」

「男の子か?」

徳兵衛が問いを重ねた。

「はいっ」

問うた徳兵衛も答える大三郎も、ともに心底からの笑みを顔に張りつけていた。

「もみじ祭の初日に男の子を産んでくれるとは、このみさんも大手柄じゃないか」

滅多なことではひとを褒めない徳右衛門が、今朝は手放しである。大三郎は深々と徳右衛門たちにあたまを下げた。

身体を二つに折り曲げた辞儀の深さに、大三郎の喜びのほどがあらわれていた。

「これから『おかめ』のおさきさんと、『ひさご』のおまきさんにお願いして、内祝いの赤飯を拵えてもらいます」

「それはなによりめでたいことだ」

徳右衛門は大きくうなずいて、大三郎の思案をよしとした。

「幸いなことに、今日からもみじ祭だ。今朝はひさごさんも、早起きをしているだろうさ」

徳兵衛はまねき通り西の入り口に目を向けた。夜の遅い商いのひさごだが、徳兵衛の言った通り今朝はすでに目覚めていた。

「それでは、すぐにも頼んで参ります」

大三郎が駆け出すと、泣き声が一段と大きくなった。おかめに向かっていた大三郎は、我慢できずにゐり元に駆け戻った。

泣き声がさらに大きくなった。

「男の子の威勢のいい泣き声は、なんべん聞いてもいいもんだ」

「まったくです」

答えたあとで、徳兵衛はふっと顔つきをあらためた。

「どうかしたかね？」

「たったいま、思いついたことですが」

徳兵衛は徳右衛門の耳元で、ぼそぼそ声でささやいた。

「それは見事な思案じゃないか。いますぐ、『うお活』さんと掛け合おう」

年寄りふたりは、うお活へと足を急がせた。徳兵衛はいたずら小僧のように、竹ぼうきを振り回していた。

もみじ祭の見物客は、四ツ（午前十時）の鐘とともに群れをなして押し寄せてきた。

うお活はまねき弁天の向かい側で商いをしている。弁天池に向かっている見物客の足が、うお活の前で止まっていた。

強い湯気を噴き出す蒸籠《せいろ》が五段、店先に出された大釜に載っていた。

「もみじ祭のお祝い餅搗きが始まるよう」

鉢巻き・半纏姿の時次が、餅搗き始まりの口上を大声で触れた。長い柄の杵《きね》は、うお活当主の活太郎と、店の若い衆が手にしていた。

「弁天様にお願いして、安産祈願をしてもらったありがたい餅米だ。ひと口頬張ると、丈夫な子が授かること請け合いだよおお」

時次の口上で、見物客がどっと沸いた。

一番臼《うす》は、活太郎が気持ちをこめて搗き上げた。搗き上がった餅は徳兵衛の女房おきんが形よく丸めて、小さな丸餅を拵えた。

二十一の丸餅が仕上がると、七つずつを三つの三宝に載せた。

「弁天様のほうは頼んだよ」

「がってんでさ」

ふたつの三宝は、活太郎と女房がまねき弁天に供えとして差し出した。

残るひとつの三宝は、徳右衛門と徳兵衛がむかでやに届けた。

「子宝に多く恵まれたらお活の活太郎さんが、みずから杵を持って搗いた祝い餅です」

七つを夫婦で平らげれば、おなかの子が丈夫に産み月を迎えること、間違いなし。

徳兵衛は、まるで縁日のてきやのような口調で、祝い口上を伝えた。

藤三郎とおみねの両目が、潤みで膨らんだ。

餅搗きはまだまだ続いている。威勢のいい音が、うお活の店先から流れてきた。

杵の音に合わせて、もみじの枝が揺れた。

サワサワサワサワ……。

時雨《しぐれ》のような葉ずれが立った。

（小学館文庫『まねき通り十二景』に収録）

駆け落ち

諸田玲子

諸田玲子（もろた・れいこ）
静岡市生まれ。上智大学文学部英文科卒業。外資系企業勤務を経て、翻訳・作家活動に入る。１９９６年、『眩惑』でデビュー。２００３年、『其の一日』で第24回吉川英治文学新人賞を、07年、『奸婦にあらず』で第26回新田次郎文学賞を、12年、『四十八人目の忠臣』で第１回歴史時代作家クラブ賞を受賞。近著に『尼子姫十勇士』『元禄お犬姫』『梅もどき』『女だてら』などがある。

一

襖《ふすま》を開けようとして、紀代《きよ》ははっと手を引っ込めた。

部屋の中からただならぬ息づかいがもれてくる。なんといったのか、女の低いささやきにつづいて、追いかぶせるように、

「今さらなにをいう。行けるところまで行くんだ」

と、男のひそひそ声が聞こえた。

もしや、あの二人は……駆け落ち者か。

動悸《どうき》が速まる。

まだ陽の高いうちに上がり込んだ客だった。宿帳に記載した名は伊三郎《いさぶろう》とみちで、兄妹となっている。が、今思えば、どことなく人目をはばかるような素振りがあった。

客の素性については余計な詮索《せんさく》をしないことにしている。街道筋の旅籠《はたご》には雑多

な客がやって来る。いちいち疑っていては商売にならない。

とはいえ駆け落ち者と思えば、平静ではいられなかった。なにより〝駆け落ち〟という言葉が紀代を動揺させている。

湯飲みをのせた盆を持ったまま、足音を忍ばせて台所へ戻った。

「あれ、茶はいらんのかいね」

煮鍋《になべ》のかげんを見ていたおとり婆さんが、けげんな顔で訊《たず》ねた。

「いるもいらぬもあの二人、訳ありですよ」

紀代がいうと、竈《かまど》の前にかがみ込んで火吹き竹を使っていたお里《さと》が顔を上げた。お里は近在の娘で、この春から下働きに雇われている。

「そういやあ、なんだか妙な感じがしたっけよ」

「妙とは……」

「部屋へ案内するとき、顔を隠そうとしてるみちゃあだった」

「用心しとくれ、ときおりそれとなく様子をのぞいて、おかしな素振りがあったら知らせておくれよ。ただし向こうさまには知られぬようにね」

二人にいい聞かせ、おとり婆さんに盆を手渡す。帳場へ戻ろうとして、

「うちの人はどこ」

と、ふと思いついて訊ねた。

「さっきまで縁側ですり鉢抱えて、鳥の餌《え》すってましたっけがね」

「つい今しがた、お出かけになられたみちゃあだよ」

おとり婆さんとお里が口々に応《こた》えた。

「だったら大方、西町あたりで早々とひっかけているんでしょうよ」

紀代は眉《まゆ》をひそめた。

亭主が昼日中《ひるひなか》から酒を飲むからといって文句をつけているのではない。紀代の夫の庄左衛門《しょうざえもん》は、酒豪でもなければ酒乱でもなかった。店を女房まかせにしているとはいえ、人手が足りなくて困るほど客はいないからこれもいい。

紀代は、庄左衛門の世捨て人のような暮らしぶりがいやだった。なにをするのも億劫《おっくう》だとでもいわんばかりだ。歳より老け込んだ顔を見ると、自分がとてつもなく悪いことをしてしまったような気がしてくる。

帳場へ腰を据えると、再び奥の間の男女のことが気になりだした。

伊三郎におみちといったか。いずれも二十歳《はたち》そこその若さである。町人姿に身をやつしているが、男が侍であるのはまずまちがいなかった。色白細面で目元が涼しく、口元にはまだ幼さが残っている。旅籠には慣れないのか、帳場で道中差《どうちゅうざし》を預かろうと声をかけると、驚いたように見返しただけで渡そうとしなかった。

女もおそらく武家の娘だろう。挙措に品がある。とびきりの美人ではないが、小作りの顔には男好きのするところがあった。

二人は一途《いちず》に惚《ほ》れ合ってここまで逃げて来たのではないか。どこへ行こうとしているのか。行く当てはあるのだろうか。

若さのせい……そう、若いからこそ大胆になれる。

「あたしだってあのときは……」

紀代は両手指でこめかみを揉《も》みほぐした。

手鏡を引き寄せる。息を吹きかけて曇りを除き、三十半ばの女の顔をあらためて眺めた。切れ長の目とふくよかな唇のお陰で歳より若く見えるが、よくよく見れば、しみもたるみもないのにどことはなしに疲れがにじんでいる。

ここ東海道の吉原宿《よしわらじゅく》は、塩や魚を運ぶ甲州道と足柄《あしがら》峠や籠坂《かごさか》峠に至る十里木《じゅうりぎ》街道の分岐点である。河口から海上へ物資を送り出すための湊《みなと》もあり、狭い宿内には旅籠がひしめいていた。客も多いが商売敵も多いわけで、客引き女のいない旅籠はどうしても一歩出遅れることになる。それでもそこそこ商いが成り立っているのは、二度目三度目の客や口伝《くちづ》てでやって来る客が多いからだ。宿賃が安い。騒々しさがない。器量良しの女将《おかみ》がいる。それで贔屓《ひいき》客がついた。

思えば、ここまでくるには並大抵ではなかった。何度となく商売替えもしたし、食うや食わずの暮らしもした。はじめのうちは庄左衛門も愚痴ひとつついわず、慣れない商いに精を出していたものである。

紀代は吐息をついた。鏡の中の顔にぎこちなく笑いかける。客に媚《こ》びを売るつもりはないが、商売に愛想は欠かせなかった。もしかしたら、そういう紀代の世間ずれしたところも、庄左衛門は気に入らないのかもしれない。

「こんなはずじゃなかったのにねえ」

そう思うと無性に腹立たしい。作り笑いがしかめっ面に変わったとき、

「女将さん。あの……」

襖越しにお里の声が聞こえた。

「なんだい」

襖が開く。お里は廊下へ膝をついていた。目が合うと、奥の間のほうへ顎《あご》をしゃくる。

「女将さんに訊ねちゃあことがあるっちゅうて」

「あの二人かい」

「へえ」

お茶を持って行ったら、呼び止められたのだという。

紀代は手鏡を卓の下へ押しやり、宿帳をめくって念のためにもう一度、二人の名を確認した。

「ここにいておくれ。お客が来るといけないから」

いいながら腰を上げる。

奥の間へ行き、襖に手をかけて「ごめんなさいまし」と声をかけると、伊三郎が「お入りください」と返事をした。

二人は端然と座っていた。

おみちの髪のほつれと上気した頰に、取り乱した名残がわずかに残っている。

ふいに、長い年月忘れていた昂《たかぶ》りが、紀代の体を駆けめぐった。自分がおみちで、庄左衛門が伊三郎であった頃の、切なく狂おしい昂り……。

「なんぞお訊《き》きになりたいことがおありとか。なんなりとどうぞ」

動揺を抑え、丁重に切り出す。

「実は……」と、伊三郎は膝を進めた。「わたくしどもはこのあたりの地理に不案内でして……甲州道と十里木街道にはその……」

いいかけていいよどんでいる。最後まで聞かなくても、紀代には伊三郎のいわんとすることがわかった。

どちらの道を行けば関所がなく、無事落ち延びることができるか――二人はそれが知りたいのだ。

「甲州道のほうが難は少ないかと存じます」

さりげなく応えると、伊三郎は小さく息を呑《の》んだ。紀代は気づかぬふりをする。

「お江戸や上方《かみがた》へ行かれるお人がお身をひそめるには、好都合にございましょう」

どこへ行っても人別《にんべつ》帳の問題があった。そのことでは、紀代自身もいやというほど泣かされてきた。

だが、どんなものにも抜け道がある。人の出入りの激しいところには手配師がいて、問題を解消してくれる。ただし、そうした手配師はたいがい悪の片棒を担いでいるから、うっかりすると足を取られる。見るからに世馴《よな》れぬ二人が、騙《だま》され身ぐるみはがれて堕《お》ちるところまで堕ちてゆくのと、ひっそりつつましく添い遂げるのと、どちらの可能性が大きいかは火を見るより明らかだった。

できるなら、家へお戻りなさいといってやりたかったが、いったところで今さら引き返せまい、ということも承知していた。行きずりの宿の女将の忠告に耳をかたむける冷静さがあるなら、はじめから駆け落ちなどしないはずである。

自分たちもそうだったと、紀代は苦い唾《つば》を呑み込んだ。一途に思い詰めていると き、人はなにも見えなくなる。そして後になってわかる。現実がいかに厳しく、夢がいかに覚めやすく、人の心がいかに変わりやすいかということが……。

「お聞き及びでしょうが、箱根の関所はうるさいご詮議《せんぎ》があるそうにございますよ。あたしなら、甲州道をゆき、途中丑寅《うしとら》（北東）の方角に折れて勝沼《かつぬま》近辺をぬけ、青梅《おうめ》街道まで出ます。八王子までゆけば、人手が足りないそうで、たいした面倒もなく男は炭焼き、女は機織りに雇ってもらえるそうです。そこでしばらく様子を見てから、お江戸へ出られてはいかがでしょう。むろんこれは素人考えで、うまくゆくとはかぎりませんが……」

伊三郎とおみちは顔を見合わせた。はじめは驚きが、次に安堵《あんど》の色が広がる。

二人はそろって両手をついた。

「お心遣い痛み入ります。ご推察通り、わたくしどもはゆえあって郷里を出奔いたしました。それだけではありませぬ。追手《おって》に追われております」

「追手……」

紀代は目をみはった。双方の家の者が二人の行方を捜すのはわかる。だが伊三郎の〝追手〟といういい方には、それ以上に切羽詰まった響きがあった。

「もうひとつ。女将のお人柄にすがってお頼みいたします。何人《なんぴと》に訊《たず》ねられても、わたくしどものことは内密にしていただけませぬか。なにとぞ行き先だけは……」

「追手に見つかれば、連れ戻されるというのですね」

「いや。斬り殺されましょう」

紀代は喉元《のどもと》に手をやった。もれそうになった悲鳴を呑み込んで視線を横にずらすと、おみちもすがるようなまなざしを向けてきた。

もしやこのお人は人妻なのでは――。

さっきまでおみちを初《うぶ》な小娘と見ていたのが、今ではまちがいのような気がした。顔だちは地味だが、こうして面と向かうと濃厚な色香がある。二人は、かつて自分たち夫婦が抱えていたものより、もっと厄介な問題を抱え込んでいるようだった。

「ご心配はご無用です。決して口外はいたしません」

紀代が請け合うと、二人は表情をゆるめた。

「重ね重ねかたじけのうござる」

思わず武家言葉がこぼれる。

「礼などいらぬことです。それより、そういうご事情でしたら、今宵《こよい》は早々に寝《やす》んで、明朝は七つ（午前四時）前にお発《た》ちになられませ。新しい草鞋《わらじ》とにぎり飯をご用意しておきましょう」

紀代は腰を浮かせた。

はじめは、駆け落ち者を迎え入れてしまったことに動転した。今は、少々不謹慎ないい方だが、胸が昂っている。忘れかけていた昔を思い出したからか。

紀代は一礼をして部屋を出ようとした。するとおみちが蚊の鳴くような声で訊ねた。

「あのう……女将さまはなにゆえ、わたくしどもの置かれている境遇がおわかりになったのでございますか」

紀代はおみちの眸《め》を見返した。

「十五年余りも昔ですが、あたしも駆け落ちをしたからですよ」

二

庄左衛門は夜もだいぶ更けてから帰って来た。

どこで夕餉《ゆうげ》を済ませたのか、飯はいらぬとそっけなくいい、着替えを済ませてさっさと床についてしまった。酒臭い息を吐いているが酔ってはいない。酔えないのだと、紀代は思った。なにをしても酔えないのだ。だから従容《しょうよう》と無為な日々を送っている。

かつての庄左衛門はそうではなかった。伊三郎の年頃には、同じように凜々《りり》しく、同じように豪胆だった。剣術にも学問にも秀でていたが、足軽《あしがる》の三男坊だったのでまず出世は望めなかった。それでも武士の身分を棄てるには少なからぬ覚悟が要る。庄左衛門は潔く棄てた。きっかけは倫《みち》ならぬ恋のためだが、心の奥では、家名にしがみついているだけで満足に食うことさえできない暮らしにうんざりしていたのだろう。

はじめの数年は骨身を惜しまず働いた。

——こうしておまえと二人で暮らせるのだ。そのためなら何事も厭《いと》わぬ。

力強い腕に抱きしめられるたびに紀代は幸せに酔い、酔いながらも胸のうちで庄左衛門に詫《わ》びた。紀代は町家の娘で、庄左衛門の主家にあたる屋敷に行儀見習いに上がっていたところを見初められ、恋仲になった。身分のちがいがいつも胸に重くのしかかっていた。

生活は苦しかった。なにをやってもうまくゆかなかったが、夫婦仲はむつまじかった。

いつの頃からだろう、少しずつ変わりはじめたのは……。

自分には商いの才がないと見切りをつけた庄左衛門は、長屋の子供を集めて手習いの師匠をしたり、町道場のにわか指南をつとめたりするようになり、代わりに紀代が働きに出るようになった。細々とした店を持つことができたのは、紀代のしゃかりきの働きのお陰である。その後、何度か商売替えを経て、旅籠《はたご》を開業した。

そうするしかなかったんだもの——。

ときおり無性に腹が立つ。自分が変わったというなら、庄左衛門のせいである。面と向かっていってやりたいと思うこともあったが、なぜかそれだけはできなかった。

伊三郎とおみちもこののち、似たような道を辿《たど》るのだろうか。紀代はふと思った。

台所の後かたづけを済ませ、明朝の仕込みをする。おとり婆さんとお里が部屋へ引き取ったあと、客間の二人のために、草鞋や下着、道中入り用と思われる小間物をひとまとめに包んだ。

寝支度をして寝所へゆく。

眠っているとばかり思った庄左衛門は、枕元に灰吹きを引き寄せ、煙管《きせる》を吸っていた。

「まだお寝《やす》みになられぬのですか」

声をかけると、生返事をする。

いつもならさほど気に留めないのに、今宵はそれが気に障った。夜具の脇に膝《ひざ》をそろえて亭主を眺める。

いったいなにが不服なのだろう。どうしたいというのか。それとも単に夢が醒《さ》めて、現《うつつ》に戻っただけなのか。

「なんだ？　なんぞ話でもあるのか」

庄左衛門は煙管を灰吹きに叩《たた》きつけた。

「いえ……」

紀代は狼狽《ろうばい》した。話しかけられるとは思ってもいなかったのである。

そうだ、話しておくほうがいい――咄嗟《とっさ》に心を決めた。

「萩の間のお客のことですけれど……」

ためらいがちに切り出す。

「客がどうかしたのか」

「……駆け落ち者なのですよ」

庄左衛門の眉《まゆ》がひくりと動いた。〝駆け落ち〟という言葉に、やはり昔を思い出したのだろう、煙管を持つ手を宙に止めて虚空を見つめている。

「まだ二十歳《はたち》そこそこの男女です。おそらくお武家さまでしょう。女人《にょにん》のほうは、もしかしたらどこぞのご新造《しんぞ》さまやもしれません」

紀代は二人の様子を詳しく話して聞かせた。

庄左衛門は黙って耳をかたむけている。

「明朝七つ前にはお発ちになられるそうです。どの道がよいかと訊ねられましたので、甲州道はどうかと申し上げました」

庄左衛門は眉をひそめた。思案している。

「なんぞ、まずうございましたか」

「いや。そうではない。先刻、西町で藤兵衛《とうべえ》と立ち話をした」

藤兵衛は西町の旅籠の主《あるじ》で、庄左衛門の数少ない飲み友達である。

「なにやら物騒な客が泊まっておるそうな」

「物騒な……」

「人相の悪い侍が四人。しきりにあちこち嗅《か》ぎまわって、人捜しをしているらしい」

紀代は息を呑《の》んだ。その者たちが追手《おって》なら、目と鼻の先のところまで来ていることになる。

「騒ぎにならぬとよいが……」

話はそれで終わり、庄左衛門は灰吹きを押しやってくるりと背中を向けた。

床に入ったものの、紀代は眠れなかった。

あの二人、なんとか無事、逃してやれぬものか。

いつのまにか、他人事《ひとごと》とは思えなくなっている。天井の暗がりを見据え、紀代は思案をめぐらせた。

三

うつらうつらしただけで、紀代は身を起こした。

客間には駆け落ち者がいる。同じ宿内の、歩いていくらもかからない旅籠に追手の一団が泊まり込んでいると聞けば、のんびり寝てはいられなかった。

まだあたりは闇である。

ちらりと隣の寝床を見ると、夜具がこんもりと盛り上がっていた。庄左衛門は熟睡しているらしい。手燭《てしょく》を掲げて台所へ下り立つ。

用意しておいたにぎり飯を竹籠《たけかご》に入れ、竹筒に水を汲《く》んでいると、廊下で足音がした。竹籠と竹筒、草鞋《わらじ》、それに下着や小間物を入れた風呂敷《ふろしき》包みを抱えて玄関へ急ぐ。

伊三郎とおみちは旅装束を整え、帳場の前に膝をそろえていた。

「お世話になりました」

二人は深々と頭を下げた。

郷里を出て何日目になるかは知らないが、今朝は昨夜より落ちついているように見える。

「これをお持ちなされ」

ひとまとめにした荷物を押しやると、二人は顔を見合わせた。

「かようなことまでしていただくわけには参りませせぬ」

「遠慮はいりません。さようなことより、西町の旅籠に追手らしき者たちが泊まっているそうですよ。四人づれの強面《こわもて》のお侍さまで、ひどく殺気だっておられるとか。あちこち人捜しをしていたそうですから、急いだほうがようございます」

伊三郎はうなずき、あわただしく風呂敷包みを背負って、竹籠と竹筒を腰にくくりつけた。追手がすぐそこまで来ていると聞いたせいだろう、指先がふるえている。

おみちの顔を見ると、こちらも血の気が失せ、唇をふるわせていた。

追手に見つかれば斬り殺されるといっていた。よほどの事情があるらしい。だが今、事情を詮索《せんさく》している暇《いとま》はなかった。

「万が一、ということもございます。裏からおいでなさいまし」

紀代は二人を勝手口へ連れて行った。人目につかないように甲州道へ出る道を教えてやる。初秋の夜気はひんやりとしていた。

「足元にお気をつけて。ご無事をお祈りしておりますよ」

外はまだ真っ暗だが、提灯《ちょうちん》を使うわけにはゆかない。

表へ押し出そうとすると、おみちがふいに足を止め、華奢《きゃしゃ》な指で紀代の腕をつかんだ。

「昨日ここへ参ったときは、もはや命運も尽きたかとあきらめかけておりました。なれど女将《おかみ》さまがわたくしと同じお身の上とうかがい、行けるところまで行こうと思い定めました。ありがとうございます」

おみちは今一度頭を下げ、くるりと踵《きびす》を返した。

二人はかばい合うように身を寄せ、足早に去ってゆく。

紀代は放心していた。

追手に追われる危険こそなかったものの、自分たち夫婦も駆け落ち者だった。手に手を取って出奔したときは互いがすべて、闇の中へ消えて行ったあの二人のように、かばい合い、身を寄せ合って歩いたものだ。

その男女が、生き延びたあとはどうなったか。そっけない会話を交わし、おざなりに抱き合うだけの夫婦になってしまったと知ったら、おみちはどんな顔をするだろう。共に死のうとさえ思い詰めた二人の成れの果てが、片や商いに精を出す妻と、片や世捨て人のように無為な日々を過ごす夫だと知ったら……。

失ったものと、手に入れたものと——。

紀代はため息をついた。おとり婆さんやお里が起きて来るまでにはまだしばらく間がある。手燭を掲げて寝所へ戻った。

手燭の灯を燭台に移し、横になろうとしたときだ。はっと目をみはった。

庄左衛門の姿がなかった。先刻と同じ形で夜具が盛り上がっている。もしかしたら、あのときもうすでにいなかったのか。伊三郎とおみちのことで頭がいっぱいだったから、うっかり見まちがえてしまったのかもしれない。

若い頃、庄左衛門は一時期、早朝稽古《げいこ》をしていたことがある。太刀を手に寝床を抜け出すたびに、紀代は、夫は武士の身分を捨てたことを悔んでいるのではないかと余計な気をまわし、悶々《もんもん》としたものだった。それが近頃は反対に、なににも熱中せず、だらけた日々を過ごす亭主に半ば愛想を尽かしている。

それにしても、こんな時刻にどこへ行ったのか。

紀代は厠《かわや》や風呂場をのぞいてみた。どこかで倒れているのではないか。いないとなると急に不安になって、あちこち捜しまわる。

井戸端かもしれないと外へ出てみた。いなかった。東の空がかすかに白みかけている。もうそろそろおとり婆さんもお里も起きて来る頃だ。

行き先くらいいってゆけばいいのに——。

家の中へ戻ろうとしたときだった。

「例の二人はどうした」

背後で声がした。

驚いて振り向くと、太刀を腰に落とし込み、甲掛け草鞋で足ごしらえをした庄左衛門が、緊迫した面持ちで紀代を見つめていた。

「今しがた出立されましたが……」

庄左衛門は舌打ちをした。

「後れをとったか」

「いったいどこへいらしたのですか」

紀代の問いかけには応《こた》えず、

「甲州道か、それとも十里木街道か」

庄左衛門は噛《か》みつくように訊《たず》ねた。

「甲州道にございます。それよりその恰好《かっこう》は……」

「まずったのう。甲州道は危ない」

「え?」

「ここから甲州道へ入るはだれしも考えることだ。追手《おって》は四人。そろって甲州道を行くか、でなければ二人ずつに分かれて、甲州道と十里木街道を行くか。いずれにしろ後を追うはずじゃ。女連れでは早晩追いつかれよう」

「されど他に道は……」

「それゆえ考えた。西から逃げて来たのなら、追手の裏をかいて、一旦《いったん》、西へ戻ったほうが安全だ」

紀代は目を丸くした。

「一膳《いちぜん》飯屋でときおり顔を合わせる船頭がおっての、そやつの顔を思い出したのだ」

その男は、富士山麓《さんろく》でとれる屋根板や炭などを河川で吉原河岸《がし》まで運び、さらに小船に積み替えて沼津湊《みなと》や清水湊へ運んでいるという。頼み込んで乗せてもらえないものか。思い立って出かけたものの、真夜中のことでなかなか所在がわからず、今までかかってしまったのだという。

「帰りに様子を見に寄ったのだが、藤兵衛の店ももう灯がついていた。それで泡を食って駆け戻ったのだが……」

庄左衛門は歯ぎしりをした。

伊三郎とおみちの身が案じられる。紀代も焦燥に駆られた。が、それとは別に、紀代は我が目と耳を疑っていた。

見も知らぬ駆け落ち者のために、庄左衛門は深夜、河岸まで出かけ、船頭を捜しまわった。頭を下げて、船に乗せてくれるように頼んだというのだろうか。

今、紀代の目の前で地団駄《じだんだ》を踏んでいる男は、ここ数年の昼行灯《ひるあんどん》のように無為な暮らしをしていた庄左衛門とは別人だった。

「二人は近場におると、奴らは確信しておったのだろう」

「でしたらなにゆえひと晩、じっとしていたのでしょう」

数が多いといっても、狭い宿場内である。しらみ潰《つぶ》しに捜せば見つけ出せる。

「斬り殺すのが目的なら宿場ではまずい。朝を待ち、あとを尾《つ》けて、人けのない場所まで行ったところで襲いかかる肚《はら》ではないか」

二人は目を合わせた。切羽詰まった目、互いに互いの心を推し量ろうとする目、ひとつことに向かって燃え立つ目……。

こんなふうに見つめ合ったのは何年ぶりかしらと、紀代は思った。

「見過ごしにはできぬ。うまくすれば、追手に見つかる前に連れ戻せるやもしれぬ」

およしなさい、巻き込まれたらどうするのですか。そう言って止めることもできた。が、紀代は止めなかった。

急ぎ足で遠ざかってゆく夫の後ろ姿を、呆然《ぼうぜん》と見送る。

「旦那《だんな》さんも女将さんも、朝っぱらからどうしたんじゃね」

勝手口から中へ入ると、おとり婆さんが声をかけた。湯を沸かしている。

「奥の間のお客のことでね……」

いいかけたとき、突然、胸にこみ上げてきたものがあった。

「ちょっと出かけて来ます。あとのことは頼みましたよ」

「あ、女将さん。どこへお行きなさるんで」

おとり婆さんが訊《き》き返したときは、もう家を飛び出している。

四

半刻《はんとき》もすれば人通りが増えてくる。

甲州道は東海道ほど人馬がひっきりなしに通るわけではないが、事を起こすとしたら、まだ朝霧がただようこの時刻、眠りから覚めやらぬ今こそその時だった。

紀代は急いだ。

自分が追いついたとしてなにができるのか。おみちを励まし、二人を河岸へ伴う手助けをするくらいか。それでも、初対面の庄左衛門が声をかけたとき紀代がそばにいたほうが、二人は安心するはずである。

そもそも伊三郎とおみちはひと夜の客だった。駆け落ち者というだけで、素性もわからなければ道行《みちゆき》の事情もわからない。名前すら本名とは思えない。その二人を無事逃すために、庄左衛門も紀代も血相を変えている。

なんとまあ――。

酔狂な夫婦だと思う。いや。というより、自分たちはこんなことが起こる日を、胸のどこかで待ちつづけていたのではないか。昔の熱い日々をよみがえらせてくれる、あの頃の二人を呼び戻してくれるなにかが起こる日を……。

伊三郎とおみちは、若かりし日の庄左衛門と紀代だった。

どのくらい歩いたか。途中、早発《はやだ》ちの人馬に追い越されたり、すれちがったりしたが、それも甲州道へ入るまでだった。白々明けのこの時刻、甲州道はひっそりとしている。

紀代があっと棒立ちになったのは、甲州道に入っていくらも行かないうちだった。

「じゃまだてするな」

野太い声が聞こえ、行く手に人影が浮かび上がった。

一番手前、こちらに頑丈な背中を向けているのは追手の一人だろう。大柄な浪人ふうの男で、抜刀している。

対峙《たいじ》しているのは庄左衛門だった。だらけた日々を送り、昼日中《ひるひなか》から酒を飲んでいる旅籠《はたご》の亭主とは思えない。双眸《そうぼう》がぎらつき、全身から殺気を発散していた。夫のどこにこれほどの気力が溜《た》め込まれていたのか。

庄左衛門の背後に伊三郎とおみちがいた。

こうして見ると、伊三郎はまだほんの若造だ。二人はいかにも頼りなげに見える。

「逃げろ」

庄左衛門が肩越しに命じた。

二人はためらっている。

「なにをぐずぐずしておるのだ。いいから行け」

伊三郎はおみちをうながした。林の中へ飛び込もうとしたとき、おみちは一瞬、足を止めた。紀代の姿に気づいたのか、なにかいいたげにこちらを見た。

「早う行け」

二人の姿は消えた。

浪人ふうの男は追いかけようとして、庄左衛門に行く手をはばまれた。

「おのれ。どこのどやつか知らぬが容赦はせぬぞ」

怒り狂って、庄左衛門に一撃を浴びせる。

紀代は絶叫した。我を忘れて飛び出そうとした瞬間、庄左衛門は刀の柄《つか》で男の襲撃をかわし、敵に斬りかかった。激しい鍔《つば》ぜりあいとなる。

通りすがりの旅人の悲鳴と逃げてゆく足音が聞こえたが、紀代は目も向けなかった。道端で息をひそめ、拳《こぶし》をにぎりしめて、庄左衛門の勇躍ぶりを見つめている。

全身が燃え立ち、かつてない昂《たかぶ》りが紀代の胸を満たしていた。

打ち込んではかわされ、かわしては打ち込まれる……はじめは互角に見えた。が、やがて庄左衛門の優勢が明らかになった。追手は腕から血を流して、立ち往生している。

「くそ。このままでは済まぬぞ」

男は吠《ほ》え立てた。

「待っておれ。必ず見つけ出してやる」

大声で叫びながら二、三歩後ずさりをしたと思うや体の向きを変え、吉原宿へつづく道を一目散に駆けだした。

目の前を男が駆け去る。紀代ははじかれたように飛び出し、夫のもとへ駆け寄った。裾《すそ》が乱れ、髪がほつれても気にならない。小娘のように頰が上気している。

夫の胸に取りすがると、庄左衛門は妻の体を抱きしめた。

「ご無事でようございました」

「相手が一人で助かった」

すっかり腕が鈍《なま》っておるようじゃと苦笑しつつ、紀代の体をそっと引き離す。血ぶるいをして刀を納め、あらためて妻の眸《め》を見つめた。

「あの二人、掛川《かけがわ》藩の者らしい。女は男の上役のご妻女で、不始末が見つかり手討ちになるところを、反対に男が上役を斬って出奔した。もっともあの男、剣術はからきし不得手とか。怪我を負うたものの上役は一命を取り留め、手練《てだれ》の浪人者を集めて二人の後を追わせたというわけだ」

「さようなご事情でしたか……」

紀代は吐息をもらした。上役の妻女を寝取ったあげく怪我を負わせたとあれば重罪人である。このままで済むとは思えない。

「因果なことにございますね」

「それより彼奴《きゃっ》め、仲間を連れて戻って来るにちがいない。こうしてはおられぬ」

とにかく船に乗せてやろうと、庄左衛門はいった。

まだ遠くへは行っていないはずである。二人は林の中を捜しまわった。庄左衛門も紀代も、伊三郎とおみちの行方を辿《たど》りながら遥《はる》かな思い出をたぐり寄せている。

「うッ、これは……」

庄左衛門が立ち止まった。見るなといわれる前に、紀代も、木陰にうずくまる二つの骸《むくろ》を見つけた。

剣術は不得手でも、武士の作法は心得ていたようだ。伊三郎は腹を切り、おみちは喉《のど》を突いて死んでいた。

おびただしい血が草床を真っ赤に染めている。血飛沫《ちしぶき》が櫟《くぬぎ》の大木に飛び散り、その梢《こずえ》で法師蟬が鳴いていた。

秋の蟬の声に姦《かしま》しさはなく、ただ物哀しさだけがある。

紀代は目をそむけた。

自分たちは生き延びた。事あるたびに愚痴をいい、昔をなつかしんではため息をつき、味気ない日々にうんざりしていた。それでも、伊三郎とおみちのような悲惨な末路を迎えずに済んだのだ。

庄左衛門とこうして寄り添っていることが、今、紀代は心底ありがたかった。

「十五年も経つのですねえ」

思わずつぶやく。

「わからぬものだの、人の命運とは……」

庄左衛門は紀代の肩に手を置いた。

蟬は短い命を惜しむように鳴きたてている。

夫の手にすがってその場へしゃがむと、紀代は物いわぬ骸に両手を合わせた。


（角川文庫『めおと』に収録）

痛むか、与茂吉《よもきち》

澤田瞳子

澤田瞳子（さわだ・とうこ）

1977年京都市生まれ。同志社大学文学部卒業。同大学大学院博士前期課程修了。2010年『孤鷹の天』でデビューし、翌年に第17回中山義秀文学賞を受賞。13年、『満つる月の如し　仏師・定朝』で第32回新田次郎文学賞を、16年、『若冲』で第9回親鸞賞を、21年、『星落ちて、なお』で第165回直木賞を受賞。他に『火定』『龍華記』『輝山』などがある。

おだやかな晩秋の風に、小菊の花が揺れている。冬の気配が濃い青空から三河路《みかわじ》に降り注ぐ陽射《ひざ》しは、目に痛いほどに澄んでいた。

岡崎のお城下の喧騒《けんそう》は、矢作川《やはぎがわ》を渡った途端に遠のき、いつしか街道の左右は霜《しも》枯《が》れ始めた田畑に変わっている。すれ違う馬子の間延びした歌声までが、心なしかうら寂しく感じられた。

大橋を渡ってからというもの、お浜《はま》とおたき主従はずっとくすくす笑いを続けている。その二つの背中を、与茂吉《よもきち》はなんとも恨めしげに眺めていた。

先程からの下腹の差し込みのせいか、振分け荷がひどく重く感じられる。朝飯のときに茶を三杯も飲んだというのに、喉《のど》もしきりに渇いた。

――そろそろ、どこぞで一休みしてくださらないかしらん。

この差し込みは六歳で品川の海産物問屋・舛屋《ますや》に奉公に出たときから、かれこれ十数年に及ぶ付き合いである。

普段は取り立てて悪い所もないのに、手代や番頭に怒られたり、不慣れな仕事を言いつけられると、下腹がきりきり痛くなる。ほとんどの場合、半刻《はんとき》も我慢していれば痛みは去るが、ごく稀《まれ》に、一晩中布団の中で腹を押さえて苦しむこともあった。

(こんな病持《やまいも》ちであると知れれば、お店《たな》から放り出されるかもしれねえ)

当初、幼い与茂吉はそう考え、誰にもこの腹痛の件を話さなかった。だが奉公を始めてから半年が経《た》ったある日、痛みを我慢した挙句、土間でぶっ倒れ、手代が医者を呼びに走る騒ぎになった。

「ふむ、五臓六腑《ごぞうろっぷ》に特に悪い所はない。まあ、強いて申せば、これは心の病じゃな。番頭たちに叱《しか》られまい、お店に迷惑をかけまいとの気遣いが、胃の腑を痛めてしまうのじゃ。大人には時折見られる例じゃが、かような小さい子供には珍しい」

奉公に来た早々身体《からだ》を壊すようでは、小僧として失格。本来なら暇が出されても文句の言えないところである。

しかし、

「この病にかかる者は、根が正直で忠義者、奉公人にはもってこいの人物じゃわ」

と医者が太鼓判を捺《お》したおかげで、「与茂吉は身体は弱いが信の置ける小僧」との評判を得たのだから、まったく人の世はなにが幸いとなるか知れたものではない。

気遣いのあまり胃を痛めた風変わりな小僧の存在は、瞬《また》く間に品川中に知れ渡った。一歩外に出れば、「あれが舛屋の小僧だ」と指さされ、感心なものじゃ、と囁《ささや》き交わされる。

年端《としは》もいかない少年だけに、周囲が囃《はや》せば、当人にもおのずとそんな自覚が出てくるものである。かくして小僧として働く十年の間で、与茂吉は品川でも屈指の忠義者に育った。

手代に取り立てられたのは七年前。その間にこの差し込みとの付き合い方も、それなりに飲み込んできたつもりだった。とはいえさすがに今回は今までのものと、痛みの程度が異なっている。

（だから、あっしには無理でございますと申し上げたのに――）

これがいったいどんな心痛によるものか、自分ではよく理解している。だがそれを、先を行く女二人に洩《も》らすわけにはいかなかった。

主《あるじ》の嘉兵衛《かへえ》は、今このときも、品川の店の帳場に座っているのだろう。素知らぬ顔で番頭たちを指図しながら、内心、自分からの便りを今か今かと待っているに違いない。

それを思うと理不尽なことを自分に言いつけた主を恨む気にはなれず、与茂吉はみぞおちをさすりながら、お浜とおたきの後ろ姿をつくづくと眺めた。

浅草の同業・木津屋《きづや》から嫁いできたお浜は三十五歳、だが子供がないために実際の年より四つ、五つは若く見える。美貌《びぼう》ではないが、店の誰からも愛されるからっとした気性の持ち主だけに、腹痛を訴えればすぐにどこぞの茶屋に立ち寄ってくれるだろう。

——とここまで考え、与茂吉は小さく首を振った。

自分がそんなことを言い出そうものなら、お浜の腹心であるおたきが不審を抱くと気付いたのだ。そうでなくとも彼女は、与茂吉がなぜこの道中の供に選ばれたのか、奇妙に思っているふしがある。

向かう先は大坂船場《せんば》、回船問屋に嫁いだお浜の実妹を訪ねる道中である。確かに女二人の旅なら、世慣れた年配の男をつけるのが筋。実際、今回の旅を知った三軒隣の庭屋の棟梁《とうりょう》は、

「よろしければうちの男衆《おとこし》にお供させやしょうか」

と嘉兵衛に申し出た。

しかし彼はあえてそれを断り、七人いる手代の中でもっとも多忙な与茂吉に、供

を命じたのである。

「余所《よそ》のお方にご迷惑をおかけするわけには参りません。与茂吉は年こそ若いが、気働きの出来る男。旅の供には打ってつけでしょう」

お浜の乳母《うば》の娘、つまり彼女には乳姉妹にあたるおたきは万事において察しがよく、すれっからしの渡り女中が尻尾《しっぽ》を巻くほどの知恵者。与茂吉の差し込みの件も、知らぬはずがない。

ただでさえ疑われている上に、差し込みがなどと言い出そうものなら、自分が嘉兵衛から言い含められてきた企《たくら》みを嗅《か》ぎつけるかもしれない。

まだ何も果たせないうちに、お浜に全てを知られれば身の破滅だ。

身一つでお店を追い出される自分のみじめな姿が、ありありと脳裏に浮かぶ。与茂吉はその空想を、ぶんぶんと首を振って追い払った。

「けど、あのお坊様は本当に面白いお人だったねえ。あんなご面相だから、最初は内心、どんな生臭坊主かと思ったけれど」

「本当ですね。本光寺のご住職も、あれぐらいご説法が面白ければいいんですけど」

声を合わせて笑いあう二人の姿は、まるで仲のよい姉妹のようですらあった。

本光寺とは舛屋の菩提寺《ぼだいじ》。住職は八十八歳の高齢で、歯の数が少ないために説法がひどく聞き取りづらい。その癖、目ばかりは年並外れて達者で、法事の折、奉公人の誰かがあくびでもしようものなら、双眸《そうぼう》を炯々《けいけい》と光らせて怒り出すのであった。

それに引き換え――というのは、天竜川《てんりゅう》の東、池田村で知り合った西覚《さいかく》という五十がらみの僧侶《そうりょ》。身の丈は六尺近く、擦《す》り切れた僧衣とふてぶてしい面構えのために、一見すると旅の願人《がんにん》坊主かと思われる異僧である。しかし実は岡崎の自乗寺に籍を置くれっきとした寺僧で、与茂吉たちと出会ったのは、訴訟沙汰《そしょうざた》のため出府した帰り道とのことであった。

豪放な彼の目には、旅慣れぬ三人がいかにも危うげに映ったのだろう。天竜の川《かわ》留《どめ》で泊り合わせたのを機に、岡崎までの道連れを買って出たばかりか、昨夜は三人を自乗寺の宿坊に一泊させてくれた。

「達者でなあ、帰りにはまた、寺へ寄ってくれよ」

往来の人々の忍び笑いも意に介さず、二百間（約三百六十メートル）を超える大橋のたもとでいつまでも大声を張り上げていた西覚のいかつい姿を思い出し、与茂吉はまた溜《た》め息《いき》をついた。

池田村では、八畳間に数人が雑魚《ざこ》寝《ね》する有様だったし、白須賀《しらすか》や岡崎は西覚が一緒だったため、嘉兵衛の命令が果たせなかった。更にそれ以前、つまり品川から池田までの道中は、与茂吉が覚悟を決められず、毎夜毎夜悶々《もんもん》と頭を悩ませていたのである。

このままぐずぐずしていては、密命を果たせぬまま上方《かみがた》に着いてしまう。ここから大坂船場までは、どうゆっくり歩いたところで、せいぜい七日。つまり、機会はあと七度しかないのだ。

与茂吉は腹の痛みも忘れて身震いした。

(いったい旦那《だんな》さまは、なんでそんなお役をあっしに言いつけられたんだ)

舛屋の主・嘉兵衛が、与茂吉に突拍子もない指図を下したのは、お浜の大坂行きが本決まりとなった、梅雨のある晩であった。

品川の街道沿いに店を構える舛屋は、店の造りこそさほど大きくないが、界隈《かいわい》では屈指の身上持ちとして知られている。

主の嘉兵衛は三代目。二年前に死んだ先代に比べておとなしい気性で、出入りの商人の中には、

「いっちゃ何だが、いまの旦那さまはどうも器量が小さくていけない。このままじゃあ、いずれおかみさんのご実家に身代を取られてしまうんじゃないか」

などと、陰口を叩《たた》く者もいた。

なるほどお浜の実家である浅草の木津屋は、江戸でも五本の指に入る海産物問屋。とはいえ舛屋が今のような手堅い――悪く言えば気弱な商《あきな》いをしている限り、まず木津屋の援助を受ける羽目にはならぬはずだ。

だがこういった中傷も、まったく根拠のない話ではなかった。

それというのも、嘉兵衛夫妻の間には子供がない。このため奉公人たちはここのところ、主夫妻はいずれ木津屋から養子を迎えるのでは、と密《ひそ》かに噂《うわさ》していたのである。

「そうなったら旦那さまは、おかみさんにとんと頭が上がらなくなるだろうぜ」

「別段、旦那さまが養子というわけでもないのにねえ」

無口でお坊ちゃん育ちの嘉兵衛は、奉公人にあまり親しまれていない。むしろ外から嫁いできたお浜の方が、歯に衣《きぬ》着せぬ物言いから、「さばけたおかみさんだ」と喜ばれているふしがあった。

嘉兵衛の側もそれがよく分かるのだろう。いつもうつむきがちに帳場に座り、自分からは奉公人にも滅多に話しかけない。問屋仲間の寄り合いにも、いつの間にかすうっと煙のように一人で出かけてしまうのが常だった。

「前の旦那さまは気さくなお方で、お出かけには必ず誰かに供を言いつけられたのになあ」

「そうそう、帰りに茶店に立ち寄って、店の者には内緒だよ、と食べさせてくださる団子のうまかったこと」

「それに引き換え、今の旦那さまはなあ」

このため番頭から「奥で旦那さまが呼んでいなさる」と告げられたとき、与茂吉ははて、と首をひねった。

荒布《あらめ》の入った叺《かます》の積み下ろしもそこそこに手足を洗うと、女中の案内で、おずおず奥座敷の敷居際にかしこまった。

「おお、来たか。さあ、お入り。おたえ、お前はもういいよ」

だが与茂吉の困惑など気にも留めず、彼を座敷に招き入れるや、嘉兵衛はそそくさと女中を追っ払った。そしてなぜか膝《ひざ》と膝がぶつかり合うほど近くに腰を下ろし、おもむろに口を開いた。

「実はだね、与茂吉。お前を男と見込んで、頼みがあるのだよ」

男と見込んで、のところで嘉兵衛は妙に声を強めた。腫《は》れぼったい一重瞼《ひとえまぶた》の下の細い眼が、湿りを帯びた光を放っている。今までに見たことのない、何やら狡猾《こうかつ》そうな顔つきであった。

「お前、うちの奴《やつ》が上方に行く件はもう耳にしているだろう」

「はい。さっき、大番頭さんがそう仰《おつしや》られてました」

おかみさんとおたきさんじゃ、道中危なっかしくてしかたがない。誰か心得た奴を一人、連れて行っていただかなきゃならないねえ、と苦笑いしていたことを端折《はしよ》って、与茂吉はうなずいた。

「さあ、それだ。実はあたしはその旅のお供に、お前をつけようと思っているのだよ」

意外な話に、与茂吉は目をしばたたかせた。

「ですが旦那さま、わたくしは生まれてこの方、旅なんぞしたためしがございません」

「それはあたしだって、分かっているさね。実はお前に頼みたいのは、旅の供だけじゃないんだ」

嘉兵衛は思わせぶりに与茂吉を見つめた。

座敷に粘りつくような沈黙が漂ったせいだろう。台所までは遠く隔たっているはずなのに、女子衆《おなごし》たちのざわめき声が微《かす》かな潮騒のように響いてきた。

先程まで降っていた雨は上がったのかしらん、と与茂吉は唐突に関係のないことを考えた。

「供だけじゃないと仰られますと――」

「分からないかい」

「へえ、申し訳ございません」

首をすくめる与茂吉に、嘉兵衛はあからさまな溜息をついた。

「お前は他の手代と違って男ぶりがいいし、頭ももう少し回るかと思ったんだけどねえ」

褒《ほ》められているのかけなされているのか分からない。与茂吉はもう一度、へえ、と頭を下げた。

なるほど小柄な与茂吉は顔立ちもやさしく、小僧の頃《ころ》などは女中たちに随分可愛《かわい》がられたものである。とはいえそれは舛屋の店内だけの話で、世間一般でいえば並よりちょっと見られる程度の造作。わざわざ指摘されるほどではない。

「いいかい、あたしは一度しか言わないから、よおくお聞き」

「へえ」

「お前は、お浜の上方行きの理由を知っているかい」

「いいえ、存じません」

そういえば大番頭さんも、そこには触れなかったなと思いながら首を横に振る。

すると、嘉兵衛は顔をぬっと突き出し、低い声でこう囁《ささや》いた。

「妹の嫁ぎ先に、この店に養子をくれないかっていう相談をしに行くんだよ」

「ええっ」

養子縁組の話は、以前から奉公人の間で話題になっているから、今更驚くことはない。しかし話の内容よりも、むしろ嘉兵衛の声の陰鬱《いんうつ》さに与茂吉はのけぞった。

改めて見れば、普段から生白い嘉兵衛の顔はいっそう青澄み、目元には不気味な険《けん》すら湛《たた》えている。思わず腰を浮かせそうになるのを、与茂吉はかろうじて堪《こら》えた。

「あたしはね、養子に反対しているわけじゃないんだ。けどそれだったら、舛屋の係累《けいるい》から選ぶのが筋ってものじゃないか」

だがお浜はそう反論した嘉兵衛に、「お前さんの親類なんて、あてにならないお人ばっかりじゃないですか」とまくし立てた。そして上方の妹に勝手に文を送り、四人いる男子のうち誰か一人をくれるよう、話を取り付けたという。

なるほど、お浜の言葉には一理ある。なにしろ嘉兵衛の気ぶっせいのせいで、代替わりしてからの舛屋は、どうも親類との付き合いが疎遠になっている。今更、そんな彼に請われたからといって、おいそれと子供を手放す親類縁者はそうそうおるまい。

　おかみさんが仰られるのも無理はないと思いますが——という言葉を、与茂吉は生唾《なまつば》とともに飲み込んだ。

「あてになるかが問題じゃないんだよ。養子に取ってうちの店を継がせるとはすなわち、この舛屋の心意気を継がせることだ。それをあたしに相談もせずに話を進め、あろうことか上方生まれの甥《おい》っ子を息子と呼ばせようなど、差し出がましい限りだ」

　普段はつくねんと帳場に座り込んでいる主がこんなに饒舌《じょうぜつ》であることを、与茂吉は初めて知った。

　舛屋に限らず大店ではどこでも、店のことは店のこと、奥向きは奥向き、と切り離される例が多い。このため奉公人たちは、主一家の暮らし向きや仲の良し悪しなど、明確には知りえない。だがそれでも嘉兵衛とお浜の仲がかんばしくないとの話ぐらいは、与茂吉も女中の口から洩れ聞いていた。

　しかし今、嘉兵衛が口走る「あのでしゃばりが」「外から来たぶんざいで」「大体、あたしはああいう態度の大きい女は苦手なんだよ」などといった言葉から推し量るに、どうやら奉公人たちが聞き及んでいる夫婦仲は、実情をうんと丁寧《ていねい》に取り繕《つくろ》った末のものらしい。

店の者からすれば、いるのだかいないのだか分からぬ嘉兵衛より、はきはきと手際のよいお浜を頼りにするのは当然である。

このため番頭たちも、彼女の発案する養子縁組に賛成の意を示したに違いない。

それが腹立たしくてならない嘉兵衛は、なんとしてもこの話を潰《つぶ》してしまいたいのだろう。要は、道中の供をするふりをして、お浜の上方行きを邪魔しろというわけか、と与茂吉はようやく主の内意を理解した。

「つまり――」

「お前、大坂までの道中で、お浜に不義を仕掛けなさい」

考えに考えた末なのだろう。それまでとは打って変わって重々しい声で、嘉兵衛は言い放った。

「へっ?」

与茂吉はきょとんと眼《め》をしばたたいた。それぐらい、主の言葉は思いがけなかった。

「もちろん不義を働いたからといって、お前をお上の手に引き渡しはしないから安心をし。あたしが思い知らせてやりたいのは、お浜ただ一人なんだから」

与茂吉はとうとう、その場から腰を浮かした。

「わ、わ、わたくしが、お、おかみさんに不義をしかけて、それでどうなるので」

「知れたことじゃないか。奉公人との不義を脅しの種に、あいつに三下り半をつきつけてやるんだよ」

有夫の婦と通じること――すなわち密通は重罪。官吏《かんり》に捕縛されれば、男女ともに死罪が定めである。ただしこれはあくまで表向きで、悪評を避けたい大店や武家では、密通が明らかになっても内済《ないさい》で決着をつけるのがほとんどであった。

この内済金は金一枚、つまり七両二分が相場とされ、「間男《まおとこ》七両二分」なる言葉が一般化していたほどである。

とはいえ、ことが露見すれば、与茂吉はもちろん、お浜や嘉兵衛の首まで飛びかねない悪事である。主の言い出したことが腑《ふ》に落ちるにつれ、与茂吉の手足はがくがくと震え始めていた。

「旦那さま、お許し下さい。さような大それた真似《まね》、わたくしには――」

与茂吉の狼狽《ろうばい》ぶりに、嘉兵衛は不快げに顔を歪《ゆが》めると、再び癇性《かんしょう》な声を張り上げた。

「なんだね、与茂吉。不服があるのかい。断っておくけど、この舛屋の主はあたしなんだよ。そのあたしの言うことが聞けないんだったら、今すぐお店を出てお行きッ」

「い、いいえ。決してそんなつもりではございません」

主の命に背くほどの気概は持ちあわせていないが、いくら狂言とはいえ、お浜に不義を仕掛けるなど、考えただけでも身がすくむ。

全身を細かく震わせながら、与茂吉は懸命に言い訳を考えた。

「だ、旦那さま。おかみさんは頭のいいお方です。わたくしがそんな真似をしたら、きっと何かこれには企みがあると疑われるに決まっています」

しかしどんな必死の抗弁も、嘉兵衛には通じなかった。

「ああ、そうかもしれないね。けどだからといって、不義の事実がなくなるわけじゃあない。事がしっぽりうまくいったら——いや、別にしっぽりいかなくたってい い。力ずくでもお浜と関係が出来たら、あたしに飛脚を送りなさい。そうなっちまった後であいつが何と言い立てようが、お前は耳を貸さなくていいのだからね。いいかい、これは舛屋を守るための忠義。お前をよくよく見込んでの頼みなんだ」

——よりにもよってあっしなんかに白羽の矢を立てるなんて、旦那さまはどうかしていなさる。

手代に取り立てられたばかりの頃、与茂吉は奉公人仲間に連れられて、岡場所に乗り込んだことがある。大番頭の目が厳しいのと金が続かなかったために、その後は一抱き二十四文の夜鷹《よたか》にも手を出していないが、同じ手代で三つ年上の佐之助《さのすけ》なぞは、どうにか金を工面しては店を抜け出し、しばしば飯盛女や夜鷹を買っている。

だが、同じ不義なら、女に慣れた佐之助の方が適任ではとの与茂吉の言葉にも、嘉兵衛はあっさりと首を横に振った。

「馬鹿《ばか》だねえ、お前は。あんなちゃらちゃらした男が供をしようものなら、お浜だって警戒するじゃないか」

与茂吉のような真面目《まじめ》な男なればこそ、お浜も隙《すき》を見せるに違いない。どこかの旅籠に泊まった際、さも大事な用ありげにお浜の部屋を訪ね、油断を見澄まして無理やりに「そういう仲」になってしまえというわけである。

「けどあの、旦那さま。おかみさんの上方行きには、おたきさんもお供をしますが――」

「ああ、そうだったね。まあ、そのあたりはお前、頭を使ってうまくやりなさい。首尾よく行かなかったら、二度とこの店の敷居はまたがせないよッ」

どう考えても無茶な言い付けである。しかし六歳の頃から主への忠義心だけを胸に刻み続けてきた与茂吉が、嘉兵衛の言葉に逆らえるはずがない。

うろたえている間にあれよあれよと品川の海には秋風が立ちはじめ、これといった思案もつかぬまま、彼は女二人とともに大坂へ旅立つ羽目となったのである。

この日、三人は池鯉鮒《ちりゅう》、鳴海《なるみ》の宿場を通り越し、伊勢《いせ》参りの人々で混雑する宮宿《みやのしゅく》に宿を取った。

熱田神宮の門前町である宮宿は、東海道最大の宿場。中山道垂井《たるい》宿にいたる美濃路《みのじ》や佐屋路《さやじ》が交差する、交通の要衝《ようしょう》である。

老若男女が行き交う日暮れの宿場には活気が満ち、宿を求める人々でごった返している。どの宿屋も五人でも六人でも一部屋に詰め込まんばかりの大繁盛だった。

「今年はお伊勢さまの宮遷《みやうつ》りの年じゃで、参拝のお人が常より多いのでございます。しかもその上に今日は、お江戸大奥の御中﨟《ごちゅうろう》さまご一行も本陣にお泊まりとやら。もしお供の方も同じお部屋でよろしければ、なんとか致しますが」

ようやく見つけた宿屋でこう言われ、与茂吉は思わず顔をこわばらせた。だが女二人はそんな彼にはまったく頓着《とんちゃく》せず、

「しかたないねえ」

と、あっさりうなずいた。

部屋は屏風《びょうぶ》で仕切ればよいし、おたきも同じ一間にいるのだ。所詮《しょせん》与茂吉は奉公人とあなどっている様子であった。

「まあ、それでも宿無しになるよりはましだよ」

通された六畳を枕屛風で仕切る頃には、与茂吉の下腹はますます痛みを増していた。

それを辛うじて堪えて壁際に座り、荷物を解きにかかる。屛風越しに聞こえてくるお浜の声に、手拭《てぬぐ》いを取り出す手が震えた。

「ああ、今日はなんだかいつもより足が棒になったよ」

「どれ、おかみさん。ちょっと焼酎でも求めて参りましょうか」

「そうだね、お前や与茂吉の分も買っておいで。ああそれとついでに、房楊枝《ふさようじ》を買ってきてくれないかい。昨日、歯を欠いてしまったから」

焼酎はこの場合飲用ではなく、足に塗って疲れを取るのに使う。街道沿いの宿場では必ず売られている品であった。

普段から働き慣れているだけに、おたきはお浜ほどの疲れを見せていない。すぐさま立ち上がって部屋を出てゆく彼女の足音に、与茂吉はごくりと生唾を呑んだ。

勝手のわからぬ宿場町である。いくらおたきが急いでも、買い物に四半刻《しはんとき》はかかるだろう。彼女の思わぬ外出は、まさに絶好の好機ではないか。

とはいえ身体は正直なもので、胃の腑は今やきりきりと悲鳴を上げている。心なしか、こめかみまでずきずきし始めたようだ。

それでも与茂吉は懸命に自分を駆り立てると、額から脂汗を流しながら、枕屏風を押しやった。

「お、おかみさん――」

夕景に雁《かり》を描いた枕屏風は、立ち上がった与茂吉の胸までしかない。

足を崩して畳に座り込んでいたお浜は、軽く身体をひねり、無言で与茂吉を見上げた。

まだ女中が灯《あか》りを持ってこぬため、狭い六畳間は薄闇《うすやみ》に覆われている。

それゆえ与茂吉は、お浜がくっきりとした二重瞼の目元にわずかな笑みをたたえていることにはまったく気づかなかった。

彼女の薄浅葱《うすあさぎ》の袷《あわせ》が、薄暗い部屋の中にぼんやりと浮かび上がっている。それを目にしただけで、頭がかっと熱を持ったようにほてった。

ここは野中の一軒家ではない。階下はもちろん、ふすま一枚隔てた向こう側にも他の泊り客がいる宿屋だ。

声の上ずりや、枕屏風を押しやるいつになく荒々しい動きから、自分が抱くただ事ならぬ意志はお浜にも察せられたはずである。

それにもかかわらず声も上げず、逃げ出そうともしない彼女に不審を抱く余裕すらなく、与茂吉は足早に彼女に歩み寄り、その両肩に手をかけた。

岡崎から八里余りの道を歩き通してきただけに、お浜の身体からはわずかに汗の匂《にお》いがした。

それがつんと鼻に抜けた途端、与茂吉の身体の震えはいっそうひどくなった。

動揺を悟られまいとがむしゃらに腕に力を込めたのと、障子ががらりと乱暴に開き、おたきが飛び込んで来たのとはほとんど同時だった。

「――この馬鹿野郎っ」

思いがけない闖入者《ちんにゅうしゃ》に横っ面をはたかれた与茂吉は、そのまま畳に倒れこんだ。

「こ、この不忠者がッ、まったく情けないったらありゃしない」

女にしては大柄なおたきは、裾《すそ》が乱れるのもお構いなしに、馬乗りになって与茂吉を押さえ込んだ。

このまま役人に突き出されるのではないかという恐怖が、唐突に胸にこみ上げてきた。だがいったいどこをどう押さえられているのか、組み伏せられた身体はぴくりとも動かない。

もし失敗したら、二度とお店の敷居はまたがせないからね――という嘉兵衛の言葉が、頭の中でぐわんと響いた。

お浜はそんな彼を無言で眺めていたが、やがてつと与茂吉のそばにしゃがみこむと、

「それで、あたしに不義をしかけるように仕向けたのは、うちの人かえ」

と低い声で囁いた。

その声音には、わずかな笑みすら含まれている。

刻一刻と暗さを増してゆく部屋の中、愕然《がくぜん》と彼女を見上げた与茂吉の目に、お浜の白い顔はまるで絵で見たろくろ首のように見えた。

「お、おかみさん、どうしてそれを――」

「ほおら、やっぱり。まったく、あの人は考えることがさもしいねえ」

与茂吉の頭の中は、一度に真っ白になった。先程までとはまったく異なる恐怖が、胸をわしづかみにした。

「それにしても与茂吉どんを不義の相手にけしかけるなんて、悪巧みにもほどがありますよ」

与茂吉の胸の上で、おたきが忌々しげに吐き捨てた。

そうか。買い物に行ったのは、与茂吉をおびき寄せるための罠《わな》だったのだ。そう

でなければ、こんな短い時間で戻って来られるはずがない。

「まあ、いいじゃないか。これでようやくあたしたちもお江戸に帰れるんだから。与茂吉がなかなか尻尾を出さないから、このまま本当に大坂まで旅をする羽目になるのかと、あたしゃやきもきしたよ」

「確かにそうですねえ。木津屋の大旦那さまも、ようやく安堵《あんど》なさるでしょう」

二人は顔を見合わせ、長年の懸案がきれいさっぱりなくなったとでも言いたげに、晴れ晴れと笑い合った。

それを呆然《ぼうぜん》と眺める与茂吉の口の中は、驚きの余りからからに干上がっていた。

木津屋の大旦那とは、お浜の実父。棒手《ぼて》振《ふ》りを取っ掛かりに商いを始め、木津屋を今の大店にまで育てた苦労人である。

だがなぜこの場に、隠居の名前が出てくるのだ。

表情を強張《こわば》らせて二人を交互に見比べる与茂吉に、お浜は再び、さもおかしそうに笑った。

「驚いたかい、与茂吉。お前をお役人に突き出そうとか、そんなことは考えちゃいないから安心をし」

お浜の声音は普段とかわらぬ歯切れのよさで、それがかえって不気味であった。

「お、おかみさんは最初からわたくしを――」

「ああ、うちの人がお前に供を命じたときから、おかしいと思っていたよ。だってあの人が、あたしの上方行きを快く思うはずがないじゃないか、ねえ」

おたきに同意を求め、お浜は軽く小首をかしげた。それから再び、組み敷かれたままの与茂吉の顔を覗《のぞ》き込む。

「大番頭とおたきのほか、店の者は知らないだろうけどね。うちの人には何年も前から隠し女がいるんだよ」

もう諦《あきら》めきっているのだろう。お浜の口調は他人の噂をするかのように、さばさばとしていた。

舛屋ほどの大店の主ならば、妾《めかけ》の一人や二人いたところで奇妙ではないが、具合が悪いことに、その女には前夫との間に二人の息子がいた。嘉兵衛は女愛《いと》しさから、その上の息子を舛屋の跡取りに据えたがっているのだとお浜は語った。

「これが間口一、二間しかない小店の話なら、あたしだってつべこべ言いやしないよ。けど舛屋は仮にも、二十人からの奉公人を抱える大店じゃないか。その主が、妾可愛さのあまり、どこの馬の骨とも知れない子供を跡取りになんぞと言い出してごらん。世間さまだって馬鹿じゃない。あっという間に三代続いたお店の信頼はがた落ち、店の者たちは路頭に迷っちまうじゃないか」

　大店の主たる者は、己を殺してでも店の看板と奉公人たちを守るのが務めである。ましてや養子を取るのに、その者の資質ではなく情愛から選ぶなど、あってはならない。

　しかしお坊ちゃま育ちの嘉兵衛は、舛屋の行く末を案じて口をはさむお浜を疎《うと》んじた。跡取りが必要なら、頼りになる血縁から選《え》りすぐって迎えればいいという義父・木津屋の隠居の言葉にも耳を貸さず、果ては木津屋一族が養子という手段を用いて、舛屋を乗っ取ろうとしていると疑いはじめる有様であった。

　お浜にしても、木津屋の隠居にしても、舛屋を我が物にするつもりなどこれっぽっちもない。だがこのままでは遠からず、嘉兵衛は店をつぶしてしまうだろう。そ
れを食い止めるために仕組んだのが、今回の旅だと彼女は打ち明けた。

「それではおかみさんは最初っから、旦那さまやわたくしをだますつもりでいらっしたのですか」

「だますなんぞと、人聞きの悪い言い様はやめとくれ。それもこれも、舛屋の暖簾《のれん》やお前たちを案じての話だよ」

　旅が本決まりになる直前、大番頭とお浜から懇々とその過ちを諫《いさ》められた嘉兵衛

は、一見、妾の息子との養子縁組を諦めたかに見えた。

もしこのまま何事も起きなければ、皆の気持ちが彼に通じたことになる。お浜にとって、この旅は一つの賭《か》けだった。

「けど、まあ結局、あの人は自分のことしか考えてないってことだねえ」

さすがに少しばかり気落ちした顔で、彼女は大きな息をついた。

「忠義者のお前だもの。あの人に言い含められ、仕方無しにこんな振る舞いに及んだってことはよおく分かるよ。今朝からずっと、腹の痛みを我慢していたのも知っている。でも、考えてご覧。お前が忠義を尽くすべきなのは、舛屋嘉兵衛なのかい。違うだろう。三代続いた舛屋っていうお店なんじゃないか」

この言葉に、与茂吉ははっと頬を強張らせた。

脳天をがつんとぶん殴られたような気がした。

店の主である嘉兵衛は、確かに自分の雇い主だ。しかし本当の主とはいったい何者であるのか、その正体をはっきりと悟ったのだ。

奉公人である以上、自分が店の主を敬うのは当然。とはいうものの、その言いつけを闇雲に守ることが果たして忠義なのか。むしろ主が道を踏み外そうとしたら、全身でそれを阻止するのが奉公人の務めではないのか。

少なくともお浜やおたきは、嘉兵衛からどれだけ疎《うと》まれようと、舛屋を守るために懸命になっている。

そんな道理にすら気づかず、ただ従順に嘉兵衛の言いつけに従った自分を省《かえりみ》ると、まったく言葉がない。

忠義者と呼ばれ、知らず知らずいい気になっていたこれまでの自分に、水を浴びせつけられた思いであった。

「お、おかみさん」

絞り出した声は、痛々しく潤んでいる。

しかしお浜はそれには気づかぬふりで居住まいを正し、誰に言うともなく明るい声を張り上げた。

「さあ、明日は早立ちだ。通しの駕籠《かご》を雇って大急ぎで品川に戻るから、与茂吉もおたきもそのつもりでいるんだよ」

お浜は舛屋に戻り次第、嘉兵衛が命じた偽りの不義を盾に、彼に隠居を迫るのだろう。おそらく自分もその場に引っ張り出され、嘉兵衛とお浜双方から激しく責め立てられるに違いない。

嘉兵衛があの癇性な声で自分にくってかかる様を思い浮かべ、与茂吉はわずかに苦笑いを浮かべた。

——旦那さまは確かに舛屋の旦那さまだが、あっしの旦那さまはあの人じゃねえ。

そう、自分を小僧からたたき上げ、今の今まで育ててくれた主は、お浜や大番頭やおたきや、大勢の奉公人たちが身を寄せて支えあっている「舛屋」のお店そのものだ。

隣か、さもなくば階下の客だろうか。どこからともなく、賑《にぎ》やかな伊勢音頭が聞こえてくる。

「遅くなってすみません。灯りをお持ちしました——」

女中の声に目を転じれば、障子の向こうに灯火が一つ、揺らめいていた。

その灯りと歌声が、記憶の奥底の嘉兵衛の声を掻《か》き消していくかに感じ、与茂吉は目を閉じた。

みぞおちの痛みは、いつの間にかすっかり消え、ひどく温かいものがゆっくりと全身を浸し始めていた。

（徳間文庫『関越えの夜　東海道浮世がたり』に収録）

粒々辛苦

宇江佐真理

宇江佐真理（うえざ・まり）

1949年函館市生まれ。函館大谷女子短期大学卒業。95年「幻の声」で第75回オール讀物新人賞を受賞しデビュー。2000年『深川恋物語』で第21回吉川英治文学新人賞、01年『余寒の雪』で第7回中山義秀文学賞を受賞。人情味豊かな時代小説を得意とし、著書は「髪結い伊三次捕物余話」をはじめとするシリーズの他に、『雷桜』『通りゃんせ』などがある。15年没。

一

秋も深まったある夜、おふくは近所の湯屋「みどり湯」で仕舞い湯を浴びた帰り、馬喰町一丁目の往来で激しく諍《いさか》いをしている男女の姿を見た。諍いと言っても、女が一方的に四十がらみのお店者《たなもの》ふうの男を罵《ののし》っていて、男は女の剣幕に気圧《けお》されて何も言い返せずにおろおろしているだけだった。女の声は一町先まで聞こえそうなほど大きかったので、おふくも何事かと、つい足を止めずにはいられなかった。

「うちの見世《みせ》がお気に召さないのでしたら、はっきりそうおっしゃって下っし。今の旦那《だんな》は八百善《やおぜん》だろうが平清《ひらせい》だろうが百川《ももかわ》だろうが、その気になれば、どこへだって行ける。ええ、それはよっく承知しておりますよ。実際、組合の寄合ともなれば、そういうお見世にお出かけになっていらっしゃるでしょうよ。吟味した材料で腕のよい料理人が拵《こしら》えたお料理は、さぞおいしいことでしょうね。だからって、うちの見世と比べることはないじゃないですか。うちは職人相手の居酒見世だ。職人さんが一日働き、仕事の憂さを晴らすためにうちへ寄って下さるんだ。それを、よくもそんな安酒が飲めるものだの、しみったれた酒のあてだのと悪口三昧《あっこうざんまい》。うちの見世と縁を切りたいがために、わざとそうおっしゃっているんですか」

女の言った八百善、平清、百川は江戸でも有名な料理茶屋の名だった。とっぷり暮れた通りは商家の軒行灯《のきあんどん》がともっているとは言え、人の顔は朧《おぼ》ろだった。おふくは最初、その女が誰なのか見当がつかなかったが、じっと見ている内に馬喰町の小路《こうじ》に暖簾《のれん》を出している「めんどり」という居酒見世のおみさだと気づいた。

めんどりはおふくの父親と伯父《おじ》が時々通う見世であり、おみさはそこのおかみだった。

年の頃、三十四、五の年増だが、気風《きっぷ》がいいので客の評判は高い。滅多に笑顔を見せないが、それはおみさの貫禄《かんろく》ともなっている。

含み綿をしているようなふっくらした頬が特徴の美人である。父親と伯父の好みの女性であることには間違いないだろう。おみさは笑った顔より怒った顔のほうがきれいだと、おふくはぼんやり思っていた。

「いや、そんなつもりはさらさらないが」

男はようやく低い声で応《こた》える。二人の周りには、おふくと同じように足を止めた者が人垣を作っていた。男の傍には同じ年頃のもう一人の男が寄り添っていたが、その男もおみさの剣幕に恐れをなし、助け船も出せずにいた。

「旦那のなさっていることは意地悪というものですよ。旦那には手代、番頭の頃からうちの見世を贔屓《ひいき》にしていただいた。それはありがたいと思っておりましたよ。その頃は何《な》んでもうまいうまいと喜んで召し上がって下すったじゃないですか。それがお店のお嬢さんの婿となり、先代が亡くなって晴れてお店の主《あるじ》に直った途端、重箱の隅をつつくような真似をなさる。旦那はそれほど偉くなったんですか。お店の主は職人達が集《つど》う見世で気楽に酒を飲むこともできないんでしょうか。だったら遠慮はいりませんよ。うちの見世なんて、うっちゃっといて下っし！　あたしの言いたいことはそれだけですよ。それではごめん下さいまし」

おみさはそう言うと踵《きびす》を返して小路の中に消えた。後に残された男は「何言ってやがんでェ。けちな居酒見世のおかみのくせに」と、ぶつぶつ文句を言いながら両国広小路の方向へ去って行った。これから飲み直すつもりででもいるのだろう。騒ぎを見ていた人垣も自然に崩れ、後は何事もなかったかのように馬喰町の通りは元の表情を取り戻していた。

「かっこよかったなあ」

おふくは独りごちる。おみさの啖呵《たんか》は胸がすくようだった。あんな女になれたらいいなあと、ふっと思ったが、一方、これでめんどりは贔屓の客を一人なくすことにもなったのではないかと心配になる。客商売をする者は、いやな客にもお愛想するのがつとめだ。まあ、しかし、よその見世のことに他人のおふくがあれこれ口を挟めるはずもない。おみさの啖呵の余韻を胸に残しながら、おふくは住まいにしている「きまり屋」に戻った。きまり屋は馬喰町二丁目で口入れ屋《くちいれや》(周旋業)をしている見世だった。

おふくは勝手口から中に入り、台所の棚に湯屋で使った小桶《こおけ》を置くと、内所《ないしょ》(経営者の居室)へ向かった。内所には誰もいなかった。伯母《おば》のおとみも湯屋へ行ったのだろうか。おとみの次男の彦蔵も友達と遊びに出たのか姿が見えない。

見世屋敷に行くと、父親の友蔵と伯父の芳蔵が帳簿を見ながら、仕事の相談をしていた。

見世はとっくに大戸を下ろし、いつもは人で混雑している見世座敷も閑散としている。

「伯母さんはお出かけ?」

おふくが訊《き》くと、芳蔵は、湯屋に行った、とぽつりと応える。やはり、そうか。

それにしては途中で会わなかったので、おとみは、みどり湯ではなく、横山町にある「栄湯《さかえゆ》」のほうに行ったのだろうと思った。

「晩ごはんは食べたの？」

おふくが傍に座って訊くと、二人は顔を上げ、ああ、と応える。その仕種《しぐさ》は示し合わせたように一緒だ。父親と伯父は双子のきょうだいである。なかよくきまり屋を守《も》り立てている。おふくは湯屋へ行く前に、さっさと晩めしを済ませていた。決まった時刻に家族揃って食事を摂《と》るのは盆と正月ぐらいのものである。客の出入りが多いので区切りがつかないのだ。それも商売柄、仕方がなかった。

「帰る途中でね、めんどりのおかみさんがお客さんに派手な啖呵を切ってるのを見ちゃった」

「ほう」

感心した表情も二人一緒だった。

「どこかのお店の旦那がめんどりのお客さんに向かって、よくもそんな安酒が飲めるものだの、しみったれた酒のあてだのと、ばかにしたので、おかみさんは頭に血が昇ったらしいの」

「あの人らしい」

芳蔵がそう言うと、友蔵も「だな、おみささんなら黙っちゃいねェよ」と口を揃える。

「お店の主って佐野屋《さのや》さんかな。おれ達が行った時も、刺身の活《い》きが悪いと文句をつけていたことがあるよ」

芳蔵は、ふと思い出して言う。

「お店の屋号までわからなかったけど、四十そこその人だった。お店のお嬢さんと一緒になり、晴れて主に直ったと、めんどりのおかみさんは言っていたよ」

「やっぱり佐野屋さんだ」

友蔵は合点が行ったように左の掌《てのひら》を右の拳《こぶし》で打った。佐野屋は大伝馬町《おおてんまちょう》にある呉服屋だった。商いは、まずまず繁昌《はんじょう》している様子だという。だが、大店《おおだな》と呼べるほどではないらしい。

「手代や番頭の頃は、めんどりで喜んで飲み喰《く》いしていたのに、主になった途端に変わるのかしらね。まあ、今まで口にしたこともなかった高級料理屋に行くようになれば、不足を覚えるのは無理もないけど、めんどりと比べることはないでしょうに。おかみさんが言ったように好みの見世に行けばいいのよ」

「佐野屋さんは地道に商いをして来た店だから、寄合の時はともかく、普段一杯飲むのに、そうそう贅沢《ぜいたく》はさせて貰《もら》えないよ。家つき娘のお内儀《かみ》さんがしっかり手綱を締めているという噂だ。旦那は今まで貧乏していた男だから、主になって贅沢な世界があることを知り、眼が眩《くら》んでいるのさ」

芳蔵は皮肉な言い方をした。

「贅沢はほんのちょっぴり味わうだけでいいな。毎度だとありがたみが薄れちまう」

友蔵も口調を合わせる。

「この調子だと、佐野屋の行く末も心配になるね。店の主が贅沢好きじゃ、幾らお内儀さんが手綱を締めても限りがあるし」

おふくは他人事《ひとごと》ながらそう言った。

「そうそう、心配だよ。ま、うちは贅沢したくてもできない見世だから、これはこれでいいんだろう。そうか、おみささん、啖呵を切ったか。聞きたかったなあ」

芳蔵は恨めしそうに言う。

「ちょいと話を聞きに行こうか」

友蔵は眼を輝かせて誘う。

「いいけど、これはどうする？　明日、権蔵がやって来たら返事ができないよ。前々から頼まれていたのに人が見つからないって断るのも権蔵の顔を潰《つぶ》すことになるし」

　権蔵とは二人の昔からの友人で、馬喰町界隈を縄張にする岡っ引きのことだった。

「だってよ。ひと月か、ひと月半の奉公なんて、誰も引き受けるとは言わないよ。せめて半年ぐらいならわかるが」

　友蔵は渋い表情になる。すると芳蔵は上目遣いにおふくを見た。友蔵もその目線に気づいて、ああそうか、灯台もと暗し、とはこのことよ、と肯《うなず》いた。

「何よ。またあたしを顎《あご》で使うつもり？」

　おふくは、ぷんと膨れた。人手が足りないと、いつもおふくは駆り出される。この度もそうなのだろうか。

「そんな難しい仕事じゃないんだ」

　芳蔵は猫撫《ねこな》で声で言う。

「でも、急ぎ仕事なんでしょう？」

「大伝馬町の桶正《おけしょう》さ。旦那と番頭が仲間と伊勢《いせ》へお蔭参《かげまい》りに繰り出すことになったんだ。何年も前から伊勢講で積み立てしてて、ようやく出立の運びとなったんだよ。旦那がいない間、お内儀さんは三人の子供を連れて実家に戻るそうだ。そうなると、ご隠居さんの世話をする人がいなくなる。古参の女中はいるが、旦那と番頭がいなくても、商いはいつも通りに続けるので、奉公人のめしの仕度や何かで手一杯だ。それで女中を一人見つけてくれと親分から言われていたのよ。ほれ、親分は桶正の親戚《しんせき》に当たる男だからよ。ところが、なかなか適当なのが見つからなくて往生していたという訳だ」

芳蔵は、もうすっかり決まったものとしておふくに語っている。「桶正」は通り名で、桶屋正兵衛《しょうべえ》店《だな》というのが正式な店名である。

桶正は、桶屋ではなく箸屋《はしや》だった。いや、元々は桶屋で、樽《たる》や桶を作った時に出る端材で箸を作ったのが、そもそも箸屋としての始まりだという。店は桶屋をしていた頃も入れると、元禄《げんろく》時代（一六八八～一七〇四）から続いている老舗《しにせ》だった。

桶正の主は代々、正兵衛を名乗っている。

現在の主の正兵衛はまだ二十八歳と若く、主に直ってから間もない。女房のおちかとの間には五歳を頭に三人の子供がいた。おちかは亭主がいない間に実家に戻って骨休みをするつもりらしかった。

しかし、おふくは姑《しゅうとめ》を置き去りにして実家に戻るという桶正のお内儀の気が知れなかった。それとも姑は難しい人なのだろうか。

奉公先に出向く時に決まって覚える緊張を、おふくはその時も感じていた。

二

翌日の午前の五つ刻《どき》（八時頃）に岡っ引きの権蔵がやって来た。芳蔵と友蔵は上機嫌で、うちのおふくを助っ人にしますよ、と言っていた。

内所で朝めしを食べていたおふくは、おもしろくない顔になっていたらしい。

「気が進まないのかえ。だったら断ってもいいんだよ」

おとみは心配そうに言った。

「だって、伯父さんもお父《と》っつぁんも、もう決めちまっているんだもの。今さらいやとは言えないよ」

「ごめんよ。無理ばかり言ってさ」

おとみはすまない顔で謝る。

「伯母さんが謝ることはないよ。ひと月か、ひと月半の奉公なんて、誰もなり手がないし、後はあたししかいないじゃない。奉公先のごはんは、どこも辛抱だから、あたし、今から気が重いのよ。痩《や》せてしまいそう」

おふくは大袈裟《おおげさ》なため息をついたが、箸は止まらない。浅草海苔《あさくさのり》を焼いたものに、ちょいと醬油《しょうゆ》をつけ、それをめしにくるんで食べる味はこたえられない。合間に到来物の小女子《こうなご》の佃煮《つくだに》と糠《ぬか》漬けの白かぶをつまむ。

「戻って来たら、鰻《うなぎ》でも、しっぽく（五目）蕎麦《そば》でも、何んでも好きなものを食べさせるよ」

途端、おふくの表情が輝いた。鰻もしっぽくもおふくの好物だ。

「伯母さん、本当に本当？」

「いやだねえ、喰い気ばかりで。もういい年なんだから、そろそろ後添えのことでも考えたらどうだえ？　うちの人の所には結構、いい話が来ているんだよ」

「そんな話をする伯母さんは嫌いだよ。あたしの気持ちは知ってるくせに」

おふくは俯《うつむ》いて低い声になる。

「わかっているよ。だけどね、いつまでもこのままでいい訳がないよ。うちの人だって、あんたのお父っつぁんだって、あんたより先に死ぬんだ。あたしだってそうさ。彦蔵はあんたを慕っているけど、女房でも持ってごらんな。どうしたって女房が大事になる。独りぼっちで泣いてるあんたの姿を思い浮かべるだけで、あたしは涙が出て来るんだ」

言いながらおとみは前垂れで眼を拭《ぬぐ》う。

「ごめんなさい、伯母さん、心配掛けて。でも、あたしの気持ちは、まだ区切りがつかないの。もう少し考えさせて」

おふくは縋《すが》るように言った。おとみはそれ以上何も言わず、うんうんと肯いた。

亭主の勇次と別れてから五年も経つのに、おふくは未《いま》だに忘れられなかった。未練だと自分を叱っても気持ちは収まらなかった。それは勇次が自分の前から姿を消した理由が、はっきりと明かされなかったせいだろう。

金に困っていたのはわかるが、では、なぜそれほど金が要ったのだろうか。勇次は親きょうだいもいない天涯孤独の身の上だから、身内に金を遣うはずがない。こっそり賭場《とば》に出入りして借金を拵えたのだろうか。おふくの知る限り、勇次は、博《ばく》打《ち》に手を染めるような男ではなかったはずだ。しかし、勇次は奉公していた京橋の小間物問屋から売り上げの金を持って行方を晦《くら》ました。別に女がいたのだろうか。もしも、その相手が廓《くるわ》の妓《おんな》だとしたら、そこから救い出す方法は金だろう。その想像はおふくにとって一番辛《つら》いものだった。だから極力考えないようにしているが、ふと気がつけば勇次が見知らぬ女と寄り添っている図が頭に浮かんでしまう。その度に、きりきりと胸が痛んだ。

父親と伯父は勇次が行方知れずとなった理由を知っているのだろうか。いや、間に権蔵が入っているから、おおよそのことは察しがついていると思う。だが、三人はそれについて、おふくに詳しく語ったことはない。

勇次のことは諦《あきら》めろ、あの男は駄目だの一点張りだった。蚊帳の外に置かれたおふくは、いつまでも解せない気持ちを抱えたままだ。

いつか、この思いにけりがつくのだろうか。

けりがつくということは真相を知ることだが、果たして自分が知りたいのか、そうでないのかわからなかった。わかっているのは今でも勇次を慕っているということだけだ。めんどりのおみさのように、さばさばと切って捨てることができれば、どれほど気が楽かと思う。

未練な女は醜いと、おふくは自嘲《じちょう》的に自分を思っている。

朝めしを食べ終え、台所の流しで食器を洗っていると、彦蔵がやって来て、親父が呼んでいるぜ、と言った。

「わかった。今、行くよ」

「桶正に行くんだってな」

彦蔵は上目遣いに言う。相変わらず細い身体をしている。これで三十も過ぎたら、腹も出て来て、中年男の顔になるのだろうか。二十歳の彦蔵からは、ちょっと想像ができない。

「うん、そうみたい」

おふくは明るい声で応える。

「年寄りの隠居の世話だから、それほどてェへんじゃねェと思うが」

「そうだといいけど」

「桶正の隠居はよ、後添えなんだと」

「よく知っているねえ」

「先代の旦那がお内儀さんを病で亡くした後で今の隠居が後添えに入ったらしい。隠居も亭主と離縁して実家に娘を連れて戻っていたから、破《わ》れ鍋《なべ》に綴《と》じ蓋《ぶた》の縁談だったんだろうな」

彦蔵はもっともらしく言う。

「じゃあ、ご隠居さんは娘さんを連れて桶正に入ったの？」

「らしい。桶正の今の旦那はご隠居さんが後添えに入った後に生まれたらしい。幸い、病で死んだお内儀さんとの間には子供ができなかったんだって。だけど隠居が後添えに入った頃は、先代のふた親がまだピンピンしていたんで、隠居はそれなりに苦労したみたいだぜ。忙しくなれば奉公人と一緒に箸を拵えていたって話だ」

「桶正のお内儀さんになったんだから、それも仕方がないよ。でも、そのお蔭で桶正は暖簾を守ることができたんだから、ご隠居さんの苦労も無駄じゃなかったね」

「うちの見世も姉ちゃんがいるお蔭で滞《とどこお》りなくやって行けるよ」

「あら、珍しく褒めること。お世辞でも嬉《うれ》しいよ」

「お世辞じゃねェって。おいらがきまり屋を継いでも、姉ちゃん、手を貸してくれよ」

「先のことなんてわからないよ。あたしだってその内、いい人がいたら後添えに入るかも知れないし」

「そんな……」

「彦ちゃんだって、お嫁さんが来るだろうし、お嫁さんと二人できまり屋を守り立てたらいいのよ」

おふくは突き放すように言って見世屋敷に向かった。心細い表情になった彦蔵が気の毒だったが、いずれその時はやって来る。いつまでも今のままという訳には行かない。おふくは彦蔵の覚悟を促すためにも、少しきついことを言ったのだ。

桶正の主は晦日《みそか》の掛け取り（集金）を終えたら伊勢に旅立つという。仲間は同業者がほとんどで、三十人ほどの一行だった。

江戸から伊勢山田までは百十四里（約四百五十キロ）の道のりである。一日十里（約四十キロ）歩いても往復で最低ひと月は掛かる。伊勢講で積み立てして、旅先案内人の御師《おんし》がつき添うにしても、道中の小遣いや土産代など相当な金が掛かる。自分もいつかお蔭参りに行くことがあるのだろうかと、ふと思うが、目先の仕事にばたばた追われる身では、「無理」という言葉が口を衝《つ》いて出るばかりだった。

月が変わった長月の一日におふくは大伝馬町二丁目の桶正に向かった。大伝馬町の通りは外濠《そとぼり》の常盤橋《ときわばし》から両国広小路へと続く、目抜通りなので、人の往来もあり、商いをする者にはうってつけの場所でもある。間口四間半の桶正は老舗の風格を備えた堂々とした店だった。

勝手口に通じる横の路地に入り、おふくは半分巻き上げた簾《すだれ》を下げている土間口前で訪《おとな》いを告げた。

台所では女中達が中食《ちゅうじき》の準備をしているのか忙しく立ち回っていた。

三十がらみの女中が手を止めておふくを見た。

「きまり屋から参りました。ご隠居様にお取り次ぎをお願い致します」

「ああ、あんたがそうですか。ちょっとお待ちになって」

愛想のない顔の女中は、すぐに奥へ引っ込んだ。ほどなく現れたのは隠居でなく、二十歳を過ぎたばかりの女だった。頭が丸髷《まるまげ》だったので、それがお内儀だと思った。はて、お内儀はまだ実家に戻っていなかったのだろうか。

「遅かったですね。待っていたんですよ。うちの旦那様は今朝方、伊勢に出立しましたのよ。あたしもすぐに子供達を連れて里へ帰ろうと思っておりましたのに、肝《かん》腎《じん》のあなたがおいでにならないので気を揉《も》んでいたんですよ」

舌足らずの甘い声だったが、ちくりと嫌味を言っていた。

「申し訳ございません。桶正さんには午前中に伺えばよいと言われていたものですから」

「午前中って、じきにお昼じゃないですか。呑気《のんき》なお人だこと」

のっけから文句を言われて、おふくは気持ちが萎《な》えた。でもまあ、お内儀はすぐにいなくなるんだと思い直した。

「さ、上がって下さいな。おっ姑《か》さんは離れにいらっしゃるのよ。あなたの仕事は三度、三度、ご膳を運ぶことと、お部屋の掃除、洗濯。それから時々、湯屋にご案内して。黙っていると、いつまでも湯屋に行かない人ですからね。年寄り臭くなって閉口してしまうの」

白い小さな顔が、その拍子に小意地悪く歪《ゆが》んだ。にこやかに笑っていれば、そこそこの器量なのに、損な人だとおふくは思う。

お内儀がその調子なので、台所にいる三人の女中達も心なしか意地悪そうに見えた。

お内儀は足早に隠居部屋へおふくを促した。

母屋の突き当たりに厠《かわや》があり、その横に小さな部屋があった。

「おっ姑さん。お世話する女中さんをお連れしましたよ。留守の間、何んでもご用を言いつけて下さいね。あたしはこれから子供達を連れて里へ帰らせていただきますよ。よろしいですね」

お内儀は中へ入らず、障子の外から声を掛けた。

「あいよ」

野太い声で返答があった。お内儀はそれを聞くと、じゃ、後はよろしく、と言い置いて、そそくさと戻って行った。

「ごめん下さいまし」

おふくは遠慮がちに声を掛け、障子を開けた。六畳ほどの部屋には床の間を設《しつら》え、山水画の掛け軸が下がっている。文机《ふづくえ》の前に座り、隠居はきれいな千代紙で何かを拵えていた。

　振り向いた隠居は着物の上に袖《そで》なしを重ね、黄ばんだ歯を見せ、お世話になりますよ、と笑顔で言った。丸い眼に愛嬌《あいきょう》がある。若い頃は、さぞかし可愛らしかっただろうと、おふくは思った。

「ふくと申します。どうぞよろしくお願い致します」

「なになに。堅苦しい挨拶《あいさつ》はいらないよ。あたしゃ、この通りの梅干し婆《ばば》ァだ。気楽にしておくれ」

「ありがとうございます」

　おふくも笑顔で応えた。とは言え、隠居の頭はろくに櫛《くし》も入れていないのか、ほつれ毛が目立ち、着ている物もどことなく垢《あか》じみていた。お内儀に言われたせいでもないが、ふわりと老人臭も感じられた。

「ご隠居様。何をしておいでですか」

　おふくは隠居の手許《てもと》を覗《のぞ》き込んで訊いた。

「これかえ？　箸袋さ」

「ご商売が箸屋さんですから、ご隠居様がご趣味で箸袋をお作りになるのもわかりますよ」

「いや、これは趣味とも言えないよ。娘が喰い物商売をしているんで、お正月になったら、客へ出す箸にちょいと色を添えたいそうだ。普段は竹筒に割り箸をずどんと突っ込んでいるだけだが、箸袋に入れるだけで改まった感じがするだろう？　それでね、今からちょこちょこ拵えているんだよ。一人でやっているから、なかなかはかどらないよ」

「あたしもお手伝いしますよ」

「そうかえ。それは嬉しいねえ」

箸の巾《はば》に合わせて細く切った千代紙を縦にふたつ折りして糊《のり》づけするが、表面は箸の頭が少し見えるぐらいで斜めに切り取られている。千代紙の柄のいい所がうまく表面に来るように工夫しなければならない。簡単そうで結構難しい作業だった。

おふくは、隠居に教えられた通りに短い物差しで寸法通りに鋏《はさみ》を入れた。八寸（約二十四センチ）の箸のためだと言ったが、実際は八寸より短い。それを言うと、隠居は、割り箸の場合、実際の長さより一寸（約三センチ）短くするのが箸屋の慣習だと教えてくれた。知らなかった。

しばらくは夢中で箸袋を作っていると、廊下から荒い足音が聞こえ、がらりと障子が開いた途端、最初に言葉を交わした古参の女中が「おふくどん、ご隠居様へお昼を運んで下さいな。お内儀さんから言われているはずでしょう?」と言った。

「申し訳ありません。すぐにお運び致します」

「おふくどんはご隠居様のお昼が終わったら、台所で食べて下さいよ」

「承知致しました」

おふくは殊勝に応えたが、おふくどんと呼ばれたことに気分を害した。何んだよ、おふくどんって。難波《なにわ》の丁稚《でっち》でもあるまいし。それに、隠居部屋まで文句を言いに来る暇があったら、ついでに運んで来たらよさそうなものをと思う。気が利かないったらありゃしない。

おふくは持参した風呂敷《ふろしき》から前垂れを出して締め、それじゃ、ただ今、お昼をお持ちしますね、と言った。すまないねえ、と隠居は応えた。この隠居だけが桶正でまともな人間に思えた。

三

中食はかけうどんだった。おふくが台所へ取りに行くと、板の間には奉公人が十五人ほど無心にうどんを啜《すす》り込んでいた。お仕着《しきせ》の手代や小僧も交じっていたが、おおかたは肌襦袢《はだじゅばん》に腹掛け、股引《ももひき》姿の箸職人だった。汗をかきながらうどんを啜る男達から木の香が立ち昇っていた。女中達はうどんをゆがき、それを湯切りして丼に入れ、つゆを掛けて葱《ねぎ》を載せる作業を黙々と続けた。うどん一杯では足りず、お代わりする者が多かった。七味唐辛子の入った瓢簞《ひょうたん》形の容《い》れ物には男達の手が頻繁に伸びる。おふくは盆にうどんの入った丼を載せ、薬味を少し振った。台所から出ようとして箸を忘れたことに気づき、取りに戻ると、古参の女中は、箸ならご隠居様がご自分のをお持ちだ、と言った。おふくは小さく会釈して隠居部屋へ向かった。

隠居は咳《せ》き込みながらうどんを啜る。おふくは小さな瀬戸火鉢の上に載っている鉄瓶の湯で茶を淹《い》れた。隠居が使っている箸は古い竹箸だった。すっかり飴色《あめいろ》になっている。

「桶正さんでお作りになるのは割り箸が主なのですね」

おふくは湯呑《ゆのみ》を差し出しながら訊いた。

「ああ、そうだよ。割り箸と言ってもピンからキリまであるんだよ。弁当に添える丁六《ちょうろく》。それから小判、元禄だ。高級なのは茶道の懐石料理に使う卵中《らんちゅう》という物さ。卵中は千利休《せんのりきゅう》という偉い茶人が客を招く日の朝に赤杉の箸材を取り寄せて、客の人数分だけ、自ら小刀で削ったそうだよ。両端を細くして丸みをつけ、軽く食べやすい箸にしたんだ。偉い人はどこまでも偉いやね。客も利休さんの温かいもてなしを喜んだことだろう。今はそこまでする茶道の師匠がいるかどうか」

「桶正さんも卵中は拵えているんですか」

「注文が来た時だけさ」

「どうして卵中という名がついたんでしょう」

「さあ、あたしも詳しいことはわからないが、赤杉の色が卵の黄身の色と似ていたせいだろうかね」

「そうかも知れませんね。赤玉の卵の黄身は濃い橙色《だいだいいろ》をしている時がありますから」

「うちの目玉は元禄さ」

「元禄ですか……」

割り箸の銘には今までさしてこだわっていなかったので、どれが元禄なのかおふくにはわからなかった。

「元禄の時代に世直しがあって、小判なんぞも金の量を減らして拵えたそうだよ。それが元禄小判さ。するとね、あっちでもこっちでも元禄という言葉が流行してさ、着物の袖までちょん切って元禄袖にしたんだよ」

「じゃあ、お箸もその伝で？」

「元禄の前に小判というのがあって、箸の角を削ったものさ。頭から見ると四角じゃなくて小判形に見えることから小判と呼ばれるんだ。元禄はその小判に割り易い溝をつけて箸材の分量を減らしたから元禄小判にあやかって元禄としたんだよ。ついでに丁六というのは、ちょうど六寸という意味で丁六なのさ」

「ご隠居様はもの知りですねえ」

おふくは感心した声を上げた。あたしゃ、箸屋の女房だからね、とにべもなく隠居は応えた。

割り箸が庶民に浸透して行ったのは例の平賀源内《ひらがげんない》という御仁が土用の丑《うし》の日に鰻を食べることを宣伝した辺りからだという。鰻屋が使い始めたのは引裂箸《ひきさき》という竹製の箸だった。

割る前の箸は誰も使っていない証明だから、客は安心感もあって流行したのだろう。

箸の話がひと通り済むと「お昼から湯屋に行きましょうか。あたし、お背中流しますよ」と、おふくは誘った。だが、隠居は少し横になって昼寝がしたいと言った。

お内儀のおちかには時々、湯屋へ連れて行くようにと言われているが今日は無理かも知れないと思った。

食べ終えた丼を台所に運ぶと、板の間におふくのうどんがぽつんと残されていた。うどんはつゆを吸って、すっかり伸び切っていた。おふくはため息をついて伸びたうどんを啜った。やはり、よそのめしはこれだからいやだと、おふくは腐っていた。

丼を洗った後は他に用事も言いつけられなかったので、おふくは隠居の部屋でまた箸袋を拵えることにした。作り方を覚えておけば、お正月には自分の家で使えると思った。

隠居はころりと横になり、気持ちよさそうに眠っていた。濃紫《こむらさき》の地に白い百合《ゆり》の花の柄があるどてらは隠居が昔着ていた着物を縫い直したものだろう。それにしては、その着物は隠居の雰囲気とそぐわなかった。嫁に行った娘の着物かも知れないと思った。

しばらくすると、廊下に足音が聞こえ、ついで、おっ母《か》さん、いる？　と声が聞こえた。

おふくが障子を開けると、驚いたことにめんどりのおみさが立っていた。

「まあ、めんどりのおかみさん」

そう言うと、おみさは訝《いぶか》しい表情で二、三度、眼をしばたたいた。

「どなたさんだったかしら」

「あたし、きまり屋のふくです」

「あら、それじゃ、番頭さんの娘さん？」

「ええ」

きまり屋では一応、伯父の芳蔵が主で、父親の友蔵が番頭ということになっていた。

「おっ母さんの面倒を見る人がいなくて、きまり屋さんの娘さんが駆り出されたのかしら」

「ええ、そうです。権蔵親分の頼みでしたから断ることもできませんしね」

「すみませんねえ、無理を言って」

「いいえ、そんなこと何んでもありませんよ。うちも商売ですから。ささ、中へお入りになって」

おふくは中へ招じ入れた。おみさが隠居の連れ子だったらしい。世間は狭いものである。それにしては、彦蔵はおみさのことを何も言っていなかった。やはり二十歳の若者だ。肝腎なところが抜けている。

「ご隠居様のことが心配で様子を見にいらしたのですか」

おふくは茶の用意をしながら訊いた。

「普段はこの家に寄りつきもしないんですよ。でも、弟が伊勢のお蔭参りに行き、弟の嫁はその間、実家に帰ると聞くと、じっとしていられなくてね。主もお内儀もいない店に年寄り一人が残されて、何かあったらどうするつもりなのかしらね」

おみさは不満そうだった。それは、おふくも思っていたことだ。

「手代さんや女中さんもいらっしゃいますから、それほど心配はないと思いますけど」

「主が遠出するなら、その間、家を守るのが嫁のつとめじゃないですか」

「それはそうですが……」

話し声がうるさかったのか、隠居は眼を覚まし、緩慢な動作で起き上がった。

「久しぶりに顔を見せたかと思や、弟の嫁の悪口かえ。いつまで経ってもお前は小娘のまんまだ。いい加減、大人におなりよ」

「だって、おっ母さん。ひどい話じゃないか。誰に聞いたって、おちかのすることはまともじゃないよ。あの甘え声に皆、騙《だま》されているんだ」

おふくはそれを聞いて、くすりと笑いが込み上げた。おみさはその拍子にじろりとおふくを睨《にら》んだ。

「お内儀さんはお子達のお世話で疲れていらっしゃいます。たまには骨休みをしませんと」

おふくは取り繕うように言った。

「何が骨休みだ。骨休みは、いつもしているじゃないか。やれ、芝居見物だの、茶会だの、月見だのと。あたしをごらんな。年がら年中、酔っ払いの相手をして稼いでいるというのに」

「それはお前が選んだ道だろうが。進《しん》さんと添えなければ死ぬと騒いだのは、どこのどなたさんでござんすかね」

隠居は媚《こ》びを含ませた眼で言う。やめて、おっ母さん、他人の前で、とおみさは悲鳴のような声で制した。

「ささ、お茶を召し上がって下さいまし」

興奮したおみさを宥《なだ》めるようにおふくは茶を勧めた。それをひと口飲むと、何か困っていることはないかえ、とおみさは訊いた。

「お内儀さんから時々、ご隠居様を湯屋へお連れするようにと言われましたが、本日のご隠居様はあまり気が進まないようなんですよ」

「駄目だよ、それじゃ。年寄りはたまに湯屋に行かなきゃ年寄り臭くていけないよ」

「おや、ご挨拶だね。あたしは年寄り臭いかえ」

真顔で訊かれ、おふくは返答に窮した。

「どれ、そういうことなら、あたしが連れて行ってやろう」

おみさは、すぐに言う。

「本当ですか、おかみさん」

「ああ、おやすい御用だ。おっ母さん、仕度しな」

「えびす湯はいやだよ。汚いから」

隠居は渋々、応える。えびす湯は町内にある湯屋だった。

「わかった、わかった。みどり湯に行こう」

おみさは鷹揚《おうよう》に笑って隠居を促した。おふくもほっとした。

二人が出かけた後に、おふくは隠居部屋にはたきを掛け、箒《ほうき》で掃いた。その後に雑巾《ぞうきん》掛《が》けもしたが、床の間も小簞笥《こだんす》もうっすらと埃《ほこり》が溜まっていた。女中達は隠居部屋の掃除をはしょっているようだ。

桶正では誰もが隠居を軽んじているような気もする。隠居は、それに対して不満を持っていないのだろうか。いや、不満を訴えても、どうにもならないと、すっかり諦めの境地でいるのかも知れない。

おみさは口は荒いが、隠居が退屈しないように箸袋を拵えさせているのだと思った。おまけに貧乏も厭《いと》わず、めんどりの主と所帯を持って見世を切り守りしている健気な女である。そうだ。男は金があるからいい男と限らない。惚《ほ》れた亭主と一緒にいるおみさが、おふくはつくづく羨《うらや》ましかった。

そんなおみさを贔屓にしている芳蔵と友蔵はさすがに口入れ屋だ。人を見る眼がある。

おふくは妙なところで二人に感心していた。

ただ、おみさの心配も一理あった。主とお内儀がいない店で何かあったら、責任を取る者がいない。手代はいるが、それだって主の代わりとはなれない。ただ今、旦那様は江戸におりませんので、手前は何んとも申し上げられません、と言い訳するぐらいが関の山だろう。おふくはおみさに言われてから漠然と不安を覚えるようになった。

四

おふくが桶正に来て十日ほど経った頃、町内で押し込み事件が発生した。桶正は被害に遭《あ》わなかったとは言え、おふくの不安は現実味を帯びたものとなった。

被害に遭ったのは、めんどりで嫌味なことを言っていた主が営む佐野屋という呉服屋だった。

佐野屋は桶正の二軒隣りに店を構えていた。主とお内儀、住み込みの手代、番頭は夜半に忍び込んだ盗賊に縛り上げられ、店の金を二百五十両も奪われたという。死人《しびと》が出なかったのは幸いだったが、奪われた二百五十両は奉公人の給金やら、仕入れの金やら、暮に支払いをするためのものだった。お内儀は泣きの涙で、これではお正月を越せないかも知れないと言っているそうだ。

主も真っ青な顔をして、言葉もろくに喋《しゃべ》られない様子だったらしい。大伝馬町界隈では佐野屋の噂で持ち切りとなった。桶正は近所のことでもあり、聞き込みに来た奉行所の同心から、当夜、不審なもの音を聞いたり、怪しい人間を見たりした者はいないかと訊《たず》ねられた。応対した手代の鶴吉《つるきち》は、そういうことはなかったと応えた。

そこまではいいが、主はどうしたという同心の問い掛けに、「へい、旦那様は番頭さんと伊勢のお蔭参りに出ております。お内儀さんは実家に骨休みのため帰っております」と、まともに応えてしまった。もっと、取り繕うような言い方もあるだろうにと、傍で聞いていたおふくは思った。案の定、同心は皮肉な笑みを浮かべ、呑気なものだと吐き捨てた。

おふくは胆《きも》が冷えたが、若い鶴吉は平気な顔をしていた。彦蔵と同じような年頃だから、うまいことを言えないのは無理もないが、こんな時は後を任せられる人間を一人でも置けなかったのかと気が揉めた。これで佐野屋ではなく、桶正が被害に遭ったとしたら、どうするつもりだったのだろうか。おみさが心配するのも大袈裟ではなかった。

おみさは佐野屋のことを聞くと、慌てて桶正にやって来て、手代や女中達に戸締りを厳重にするようにと注意を与えた。しかし、古参の女中のおひでが、押し込みは立て続けに起きないものだから、それほど心配することもないのでは、とおみさに言ったからたまらない。

「桶正が狙《ねら》われなかったのは、たまたま運がよかっただけだ。主とお内儀の留守にもしものことがあったら、家内不取締《かないふとりしま》りでお上からお叱りを受けるんだ。いい年して、そんなこともわからないのか！」

例の啖呵がおひでに向けられた。おひでが泣き出すほどおみさの剣幕は激しかった。

日頃、おひでには何かと嫌味を言われていたので、おふくは胸がすくような気がしたが、もちろん、余計なことは言わなかった。

おみさは佐野屋のこともあり、それから頻繁に桶正を訪れるようになった。手が離せない用事がある時は、おみさの娘で十六になるおくみが訪れ、隠居を湯屋に連れて行ったり、話し相手をつとめたりした。おくみは母親と違い、優しいもの言いをする可愛らしい娘だった。きっと性格は父親に似たのだろう。隠居もおみさより孫の言うことはよく聞いた。

おみさの気性は隠居が桶正に後添えになってから激しくなったという。姑に毎度小言を言われる隠居を庇《かば》って、おみさは姑に歯向かったのだ。親孝行な娘だと思う。その話を隠居から聞いた時、おふくは貰い泣きした。そして、ますますおみさが好きになった。

大伝馬町の町役人は界隈の商家の主達を会所に集め、押し込みの被害に遭わないための用心と、いざという時はどうしたらよいかを相談する会合を開くことにした。

それは奉行所からのお達しでもあったらしい。会所には名主がいて、春の人別《にんべつ》（戸籍）調べやら、道中手形の発行などを行なっている。また、町内で火災が起きた時は避難場所ともなる。会合の回状が桶正に届くと、鶴吉はどうしたらよいものかと頭を抱え、ちょうどやって来ていたおみさに相談した。

おみさはおちかの実家に使いを出して、会合に出席するようにしろと言ったが、使いの小僧がおちかの実家に行くと、自分は何もわからないので、おっ姑さんにお任せしますと応えたそうだ。

おみさの怒りは今にも爆発寸前だった。あのおなご、只《ただ》では置かないと息巻いて、おふくは隠居と一緒に宥めるのが大変だった。

結局、会所にはおみさのつき添いで隠居が出席することとなった。

二人が会所に出かけると、三人の女中達は台所に車座になって、鬼の居ぬ間に洗濯とばかり酒盛りを始めたので、おふくは心底呆《あき》れた。おふくも誘われたが、そんな気になれず、隠居の部屋で箸袋作りをして二人の帰りを待った。

すでに箸袋は百枚を超えたが、めんどりの客は常連やたまに来る客、ふりの客を入れると二百人近くになるので、まだまだ足りなかった。

箸屋は、それほど実入りのよい商売ではないと隠居が言っていた。上等の箸でも一膳につき二文ほどで、他は一把二十五文と、一膳につき一文以下である。それが商売としてなり立つのは、料理茶屋や一膳めし屋、居酒見世など、客の数の多い見世を摑《つか》んでいるからだ。もちろん、めんどりも桶正の割り箸を使っている。

たかが割り箸一膳でも、その工程は、簡単ではない。杉や檜《ひのき》、松などの箸材を大鍋で蒸し、蒸し上がったものを乾燥させ、それから鉋《かんな》を掛けて一膳ずつ手作りで仕上げるのだ。箸材を最初に蒸すのは毒消しと柔らかくするためだと隠居が教えてくれた。

桶正では毎日千膳も作るという。正月近くになると注文が殺到し、箸職人達は何日も夜なべするらしい。仕事場はいつも木の香で噎《む》せるようだった。箸職人の身体にもその香が滲《し》みついている。おふくは、その香を嗅《か》ぐのがいやでなかった。

夜の五つに隠居とおみさはようやく戻って来た。女中達は慌てて酒盛りをやめたようだ。何やってんだ、あんた達。おみさの怒鳴り声が聞こえ、おふくは思わず苦笑した。

おふくが迎えに出ると、女中達は一斉に引き上げた後で、誰もいなかった。

「お疲れ様です」

おふくは二人の労をねぎらった。

「あんたは何をしていたんだえ」

おみさは、お前も同じ穴のむじなか、という表情で訊いた。

「はい。あたしはご隠居様のお部屋で箸袋を拵えておりました」

「そうかえ。さすがにきまり屋さんの娘だ。ちゃんとしているよ。どれ、あたしは見世があるから帰ろうかね」

「おかみさん。お茶の一杯ぐらい飲んで行って下さいまし」

おふくは慌てて言った。

「そうだよ。帰りに醬油団子も買って来たんだから、つまんでお行きよ」

隠居もそう言った。

「そういや、喉《のど》が渇いたよ。会所の連中、茶の一杯も出さない。気が利かないよ」

「人数が多過ぎたからだよ。大伝馬町だけで商家が何軒あると思っている」

隠居が宥めるように言うと、それじゃ、一服するかと、おみさは、ようやく素直に従った。おふくはほっとして茶の用意をした。

「おふくもお上がり」

二人に茶を出すと、隠居が団子を勧めてくれた。思わず、嬉しい、と弾んだ声が出た。

　桶正に来てから、ろくにお八つも当たっていなかったので、なおさらだった。三人の女中達は新参者のおふくに邪険で、お八つがあっても分けてくれようとしなかった。

　甘辛い醬油だれが掛かっている団子は、おいしくてたまらなかった。おみさはおふくの表情を見て、ふっと笑った。

「おいしそうに食べること。どれ、あたしも」

　おみさも釣られて手を伸ばした。

「あのう、佐野屋さんはこれからも商いを続けられるんでしょうか」

　おふくは、団子を食べながら、おずおずという感じで訊いた。

「佐野屋さんは会合に顔を出していなかったね、おっ母さん」

「後始末に追われているんだろう。首尾よく以前通りの商いが続けられるといいのだけれど、これぱかりは予想がつかないよ。うちだって、この先、どうなるものか。昔はうちが江戸市中の注文をほとんど独り占めしていたが、近頃は箸屋も増えたからねえ。正兵衛はあたしの眼から見ても呑気過ぎるよ」

「おまけに嫁があれじゃあ」

おみさが続ける。

「子供が小さいから手が掛かるんだよ」

隠居はさり気なくおちかを庇った。

「いざとなったら、あたしがおっ母さんの面倒を見るから安心しな」

「いざとなったらって何んだよ」

隠居は不服そうにおみさを睨んだ。

「佐野屋さんのように押し込みに遭うとかだよ」

「縁起でもない。うちは押し込みに狙われるほど銭はないよ。正兵衛が何んだかんだと遣うし、おちかも亭主に負けずに遣う。毎年、奉公人の給金を払うだけでも大変なのさ。その給金だって、よそよりずっと安い。十年前と同じなんだよ。不服を覚えてよその店に鞍替《くらが》えしないかと心配なんだよ。まあ、あたしが心配したところで、どうなるものでもないけどね。後は正兵衛次第さ」

隠居は見世を心配しつつも、もはや自分の出る幕はないと思っているようだ。

「やはり、商いは地道にやって行くのが肝腎ですね」

おふくはしみじみと言う。

「きまり屋さんは大丈夫だよ。何しろ、旦那も番頭さんも親身に客のことを思っている。あたしは二人のそんなところが好きなのさ」

おみさは笑顔で応えた。相当に父親と伯父のことを買っているらしい。

「ありがとうございます。おかみさんがそうおっしゃっていたと伝えたら、二人とも泣いて喜ぶと思います」

「泣いて喜ぶは大袈裟だ」

おみさは苦笑交じりに応えた。

「でも、あたしはきまり屋の厄介者なんです。ずっと伯父さん夫婦の世話で大きくなり、ようやく祝言を挙げて所帯を持ったのに、一年ほどで出戻ってしまいましたから」

おふくは、隠居とおみさを前にして、つい気が弛《ゆる》み、そんなことを口にしていた。

「ご亭主がいなくなっちまったんだってねえ」

おみさは訳知り顔で言った。

「ええ。奉公していたお店の売り上げを持って姿を晦ましちまったんです。あたし、ぼんやりだから、うちの人のこと、何も知らなくて。今でもどうしてそんなことになったのか、さっぱりわからないんですよ」

「可哀想に。こんな可愛い女房を置き去りにするなんて、悪い亭主だよ」

隠居はおふくに同情して、そう言ってくれた。涙が出そうなほど嬉しかった。

「早く忘れることだよ」

おみさはぽつりと言う。

「それができればいいのですけど」

「惚れたはれたも一緒になるまでさ。一緒になったら、いやおうもなく、銭を稼ぐためにあくせくしなきゃならない。甘い顔なんてしていられないよ。大丈夫、あんたにはきっと、いい亭主が見つかるさ」

「本当にそう思って下さいます?」

「もちろん。この短い間でも、あんたと、この店の女中達との違いはわかったよ。あんたは働き者だ。それに、うそも隠れもない。おなごはそれが一番さ。めそめそしないで働くことだ。なあに、お天道様はちゃんと見ているって」

力強く励ますおみさはありがたかったが、勇次を忘れることはできそうにないと、おふくは内心で思った。

「長居しちまった。うちの人が忙しい思いをしている。おふくちゃん、残りの団子は遠慮なくお上がり」

おみさはそう言って腰を上げた。また来ておくれよ、と隠居が言葉を掛けた。

「来るともさ」

おみさが応えると、隠居は無邪気な笑顔を見せた。

五

おみさが桶正を訪れるようになると、隠居も気持ちに張りが出たのか、身の周りにも気を遣うようになった。頭は毎日おふくが撫でつけてやるので、ほつれ毛も目立たなくなった。着物も気分によって、あれこれと着替えている。箸袋作りは、近頃はおふくに任せ切りで、自分はおみさが若い頃に着た着物を解《ほど》き、洗い張りして孫娘のために縫い直すのがもっぱらとなった。

晦日になっても桶正の主と番頭は江戸へ戻る様子がなかった。晦日には掛け取りやら、支払いがあるので、さすがにその時だけお内儀のおちかは店に戻り、鶴吉にあれこれ指図していたが、それが済むと、また実家へ戻って行った。主が帰って来るまで、本当におちかは実家にいるつもりらしい。おちかの実家は山谷堀《さんやぼり》で船宿をしているという。部屋は幾つもあるから子供連れでも泊まるのには不自由しないはずだ。それにしてもひと月以上も商家の嫁が家を空ける気持ちが、相変わらずおふくには理解できなかった。

しかし、月が変わって間もなく、桶正は、やけに静かな朝を迎えた。いつもなら早朝より仕事場から箸を作るもの音や男達の声が聞こえるのに、さっぱりその様子がなかった。

おふくは女中部屋で寝泊まりしていたが、他の女中達も、今朝は妙な感じだねぇと、口々に言っていた。朝めしの仕度があるので、女中達は着替えを済ませると台所へ向かった。

すると、手代の鶴吉がしょんぼりと板の間に座っていた。

「鶴どん、どうしたえ？」

おひでは怪訝《けげん》な顔で訊いた。

「職人達が誰も来ねェんですよ」

鶴吉は、ぽつりと応える。

「来ないって、どういうこと？」

「わかりません」

「居所はわかっているんだろ？　さっさと呼びにお行き」

「行きましたよ。だけど、塒《ねぐら》はどこももぬけの殻でした。近所の人の話だと、大家さんに晦日で出て行くと、前々から言っていたそうです」

「それじゃ、皆、示し合わせて逃げたってことかえ」

「らしいです」

手代の話を聞いて、おふくは、だから言わないことじゃないと思った。

「鶴吉さん、お内儀さんに早く知らせに行って。今朝松《けさまつ》ちゃんはめんどりのおかみさんを呼んで来て」

おふくは二人に言った。今朝松は小僧の名前である。二人は慌てて外に出て行った。

「どうしてこんなことになったのかしら」

おふくは独り言のように呟いた。

「それは旦那様とお内儀さんが、勝手だからですよ。よその箸職人より、給金だって安いし、機会があればよそへ移りたいと誰しも思っていましたよ。あたしは年だから、今からよそへ奉公したくてもなかなか見つからないので、我慢しているだけですけど」

おひではくさくさした表情で応えた。

「桶正も終わりだ」

おすみというおふくと同じ年頃の女中がぼやく。

「おふくさんの家は口入れ屋をしているんですってね。だったら他の奉公先を見つけて下さいな」

一番若い十七の女中のおけいが言う。

「でも、女中さん達の給金は年払いでしょう？　だったら、来年の三月の出代《でがわ》り（更新）の日まで待たなきゃならないと思うけど」

一年契約ならば、三月五日が出代りの日と決められているのだ。

「まだ半年も辛抱しなけりゃならないのか」

おけいは不満そうに口を尖《とが》らせた。

しばらくすると、おみさが血相を変えて現れた。

「箸職人達が逃げたって？」

「そうらしいです」

おひでは渋々応える。

「おちかは？　おちかはまだ来ないのかえ」

「今、鶴どんが呼びに行きました」

「あのおなご、この始末をどうつけるつもりだろう。ああ、腹が立つ」

おちかは一刻（約二時間）ほど経ってから現れたが、それからが修羅場だった。

おみさはお前が店を空けるから、こんなことになると詰め寄れば、おちかは、あたしは商いのことはわかりませんよ、皆、手代さんにお任せしていますからと逃げる。

「こんな若造に任せるも何もあるものか。何考えている、このばか嫁！」

おみさはこめかみに青筋を立てて怒鳴り、とうとうおちかは泣き出した。

「ふん、泣けば済むと思っているのかえ。職人が箸を作らなきゃ、商売はお仕舞いなんだよ」

「おかみさん、残っている者だけで箸を作りましょう。段取りはご隠居さんがよっくご存じですから」

おふくは黙っていられずロを挟んだ。その拍子に傍にいた者の口がぽかんと開いた。何を言っているのだ、正気かという表情だった。

「桶正さんは毎日千膳の箸を作るそうですね。その数は無理でも、皆《み》んなでやれば百や二百はできますよ。このまま旦那様がお戻りになるまで指をくわえて待っていても仕方がないじゃないですか」

「わかった」

おみさは観念したように応える。

「あたしも箸屋の娘として育ったんだ。うまく行くかどうかわからないが、眼は覚えている。手伝うよ。おふくちゃん、おっ母さんを呼んで来な」

「はい」

「おちか。お前は邪魔だから、とっととお帰り！」

「お義姉《ねえ》さんに指図されたくありませんよ。あたしだって桶正の嫁だ。足手纏《あしでまと》いでも手伝わせていただきます」

おちかは、きッと顔を上げて応えた。

「すごい！」

おふくは思わず感歎《かんたん》の声が出た。

朝めしもそこそこに皆んなは仕事場に集まり、隠居の指示で箸作りの作業に入った。とり敢《あ》えず、箸材を蒸すことから始められた。

蒸すのは女中達とおふくが引き受けた。

すでに乾燥されたものは物差しで長さを測って切る。それは鶴吉と今朝松が受け持った。

鶴吉と今朝松は存外に器用だった。切った箸に小刀で丸みをつけるのは隠居だった。昔取った杵柄《きねづか》よろしく、その手際は鮮やかだった。おちかとおみさはでき上がった箸を一把ずつ紐《ひも》で括《くく》った。

そうして、夕方までに二百膳の箸ができたのである。ひどく疲れたが、おふくは大袈裟でもなく、生きる張りを感じた。何より、皆んなで力を合わせて作業したことが嬉しくてたまらなかった。

桶正の主と番頭はそれから三日後に戻って来た。残念ながら、おふく達が拵えた箸は売り物にならなかった。おみさは意地になって自分の所で使うと言った。おふくも幾らか引き取ると申し出た。

番頭はさっそく箸職人達の居所を捜し、戻るつもりのある者を説得して元の鞘《さや》に収めた。

後はきまり屋さんに紹介して貰いたいと、嬉しいことを言ってくれた。

桶正を辞める時、おふくは主から二分（一両の二分の一）を頂戴《ちょうだい》した。女中の給金は年四両ほどが相場だから、ひと月に換算すれば二千文となる。二分はそれよりも多い三千文ほど（※一両＝六千文として計算）となるので、悪くない奉公だった。

おふくは隠居から箸袋の他に、箸箱と竹箸を貰った。それは亡くなった亭主が拵えたものだという。五組ほどあったが、懇意にしていた人に進呈して、ひと組しか残っていなかった。大事なものなのでいただけませんと遠慮したのだが、隠居は是非にも貰ってほしいと言って聞かなかった。隠居が日頃使っている箸も亭主が拵えたものなのだろう。

竹箸は手に持つと吸いつくようになじんだ。

そんな箸を持ったのも初めてだった。最初、気がつかなかったのだが、檜の箸箱には漆で「粒々辛苦《りゅうりゅうしんく》」と書かれていた。意味がわからず、おふくは父親の友蔵に訊ねた。米のひと粒ひと粒は、お百姓が苦労した結果実ったものであることから、もの事を完成させるためには大変な苦労を要するという意味だった。

隠居の亭主が桶正の暖簾を守って来られたのも「粒々辛苦」の賜物《たまもの》であるに違いない。

桶正の主の正兵衛とお内儀のおちかに、その言葉が伝われば、この先も商いは安泰だろうという気もする。おふくは、おみさを介して、是非、伝えて貰おうと決心していた。

いつか勇次と再び出会うことがあったなら、「粒々辛苦」を教えてやりたかった。いや、勇次と再会することがおふくにとっては「粒々辛苦」なのかも知れなかった。

(角川文庫『口入れ屋おふく　昨日みた夢』に収録)

逢《あい》対《たい》

青山文平

青山文平（あおやま・ぶんぺい）
1948年神奈川県生まれ。早稲田大学卒業後、出版社勤務を経てライターとなる。2011年、「白樫の樹の下で」で第18回松本清張賞を受賞。15年、『鬼はもとより』で第17回大藪春彦賞を、16年、『つまをめとらば』で第154回直木賞を受賞。他に『遠縁の女』『跳ぶ男』『江戸染まぬ』『泳ぐ者』『底惚れ』などがある。

下谷広小路《したやひろこうじ》は常楽院《じょうらくいん》に分け入る三枚橋横丁《さんまいばしよこちょう》に、こうじ屋はある。こうじ屋というからには、元々は麹《こうじ》を商っていたのだろうが、いまは煮売屋《にうりや》で、煮魚や蓮根《れんこん》の煮物、里芋の煮っころがしなんぞがふつうに旨《うま》い。

店の一角で、朝午《あさひる》は飯を喰わせ、夜は酒も飲ますので、近くに住む竹内泰郎《たけうちたいろう》はけっこう重宝《ちょうほう》に使っていた。独り暮らしの屋敷では、タキという飯炊きの婆さんを頼んでいるのだが、半年ばかり前から手がちっとおかしくなった。飯だけはなんとか炊くのだが、菜《さい》のほうは日によって塩気がまったくなかったり、逆にしょっぱすぎて喉を通らなかったりする。ま、これ以上おぼつかなくなるようだったら、斡旋《あっせん》した人宿《ひとやど》に引き取ってもらおうと思いながらも、いざとなると言い出せぬまま時が過ぎて、それとともに、こうじ屋に足を運ぶ回数が多くなったのである。

「お近くなんですか」

何回目かの朝飯のときに、店を切り盛りしている里《さと》が話しかけてきた。いつもの里は客商売にもかかわらず言葉少なで、客の誰かがそれを言ったとき、やんわりと、うちは味と値段で来ていただいてるので、と返していた。

「ああ、傘の要《い》らぬ路《みち》のりだ」

自分もけっこうな馴染《なじ》みになったということか、と思いつつ、泰郎は答えた。下谷広小路といえば、江戸でも一、二を争う盛り場だが、少し奥へ入ると、御家人《ごけにん》の御徒《おかち》が集まって暮らす御徒町《おかちまち》のように、下級幕臣のこぢんまりとした屋敷が延々と広がる。泰郎の屋敷もそうした一軒で、入ったらすぐに抜けてしまう三枚橋横丁の短い路筋《みちすじ》が、不忍池《しのばずのいけ》から流れる忍川《しのぶがわ》を渡ってすぐの処《ところ》にあった。

「ならば、言ってくだされば、お届けすることもできますよ」

どうということもない風で、里は言った。

「そうしてくれるのなら、願ったりだが」

少し考えてから、泰郎は答えた。泰郎は幕臣で、一応、旗本の末席に連なってはいるのだが、父子《おやこ》二代の無役《むやく》である。閑《ひま》を生かして、屋敷で算学塾、のようなものを開いている。ようなもの、というのは、ふつう算学は家元制度を取っていて、流派に学び、師範の免状を許されて塾を開くのだが、泰郎はとっかかりこそ手ほどきは受けたものの、その後はほとんどまったくの独学だったからだ。にもかかわらず、いつの間にかそこそこの数の塾生が集まるようになって、飯を共にする折も少なくない。それができれば、ずいぶんと勝手がよくなる。

「そんな。お安いご用ですよ」

形のよい唇の端《はし》にだけ笑みを浮かべて、里は答えた。

それからは、月に五度ほどは店に通い、三度ほどは屋敷に届けてもらった。なにしろ、ほんとうに雨に降られても傘の要らぬ距離である。塾生たちも喜んで使いに出る。すると、商売物のつくり置きではない、まだ舌に熱《あつ》いのを届けてくれる。それも、店を手伝う者がやって来るものと想っていたら、里が自分で届けに来る。

商売物の煮物はふつうに旨いが、里の抱えてくる湯気の立つ煮物は相当に旨い。心なしか素材も、店に並べられているものとはちがっているようだ。いつしか、月に三度ほどは店に行き、五度ほどは屋敷に届けてもらうようになって、そうこうするうちに、醬油と味醂《みりん》が出会うように、男と女の間柄《あいだがら》になった。泰郎二十八、里二十四の、ちょっとばかり遅めな、夫婦《めおと》になるにはけっこう難儀な恋路《こいじ》の始まりだ。

理《わり》ない仲になると、女の顔は変わる。いや、変わって見えるようになる。よく見えるようになる女もいれば、その逆になる女もいる。里は、よく変わったほうだった。

客として通っていた頃の泰郎の目に映った里は、目鼻立ちは整ってはいるのだが、いまひとつあかぬけなかった。三枚橋横丁という、江戸の遊び場を煮詰めたような界隈《かいわい》で育ったにもかかわらず、里という名前のように、どこか在方《ざいかた》の風情《ふぜい》が残って見えた。

肌を合わせてみれば、そのわずかなあかぬけなさが隠し味であり、美しさの彫りを深くしていることを知った。日を経るほどに陰影はますます奥行きを増して、惚《ほ》れたな、と泰郎は思った。

里のほうは、といえば、様子はほとんど変わらなかった。女房顔《づら》はむろん、情婦《いろ》顔もせず、むしろ、つれないと思えるほどである。四月も末の、こうじ屋が休みの札をかけたある日の午下《ひる》がり、すこしばっかり焦《じ》れた泰郎が、五月の衣替《ころもが》えを前に単衣《ひとえ》を縫っている里に向かって、この先、どうするつもりなのだ、という子供じみた台詞《せりふ》を吐くと、さらっと、どうもしませんよ、と言った。

「あなたはお旗本、わたしは町人で煮売屋。どうにもしようがないでしょう」

だだをこねる子に、言い聞かせるようだった。

「旗本とはいったって、小十人筋《こじゅうにんすじ》で無役の貧乏旗本だ」

泰郎はなおも甘えた。小十人筋というのは、御当代様《ごとうだいさま》をお護《まも》りする五番方《ごばんかた》のひとつの、小十人組に番入りすべく定められた家筋《いえすじ》だ。とはいえ、小十人組の編制はひと組二十人が十組で、総枠二百名。これに対し、小十人筋は千二百家を越える。つまり、千を上回る家が番入りできないことになる。

その上、旗本の家禄は、少なくて百五十俵という一応の目安があるにもかかわらず、歩行の番方である小十人筋に限っては、四家に一家の家禄が百俵よりも下だった。俗に言う貧乏旗本は、元はといえばこの小十人筋を指す。旗本であるにもかかわらず、御目見以下《おめみえいか》の御家人よりも低い家禄の家がざらにある。一昨年、父が卒中で母のもとへ行って、泰郎が家督を継いだ竹内家もその一軒であり、つまり、竹内家は由緒正しい貧乏旗本だったのである。

「だから、なんなんです？　お旗本は、お旗本でしょう」

里は縫い物から目を離さずに、とがめる風でも、なだめる風でもなく言った。

「それに、あなたは算学のお師匠でもあるでしょ。わたしとはどうやっても身分ちがい。だって、わたしはおめかだもの」

おめかけとは、妾《めかけ》のことである。里は十七のときから五年間、池之端仲町《いけのはたなかまち》に大店《おおだな》を構える鰹節屋の主《あるじ》の妾になった。二年前に切れて、その手切れ金で求めたのがこうじ屋だ。里に鰹節屋を紹介したのは、里の実の母である四万《しま》で、四万もまた妾で凌《しの》いできた。

「母は、この界隈でケコロをやってたの」

と、里が言ったことがある。

「そう、下谷ならどこにでもいた遊女。終《しま》いには、河原の夜鷹《よたか》にまで落ちて当り前」

いまが文政三年だから、三十年ばかり前、寛政の改革で根絶やしにされるまでは、山下《やました》や広小路の路地という路地で、ケコロが張り見世《みせ》をしていたと聞く。素人っぽさが人気で、堅気《かたぎ》に見えるよう、綿の着物を着《つ》け、前垂《まえだ》れをしていたらしい。山下の前垂れというやつである。それを耳にしたとき泰郎は、そういう話ではないと知りつつも、里の母親なら、さぞかし前垂れ姿が似合っただろうと思った。里のあかぬけなさは、そのまま堅気っぽさでもあった。

「でも、母が落ちる処まで落ちなかったわけは、妾になる相手をつかまえたことと、三十も半ばになってから、がんばってわたしを産んだこと。母はわたしがまだお腹《なか》にいたときから、わたしを妾にして自分の面倒を見させるって決めてたの」

初めて聞いたときは、それなりに驚いたものだ。

「おかげで、わたしは読み書きから踊りや三味線、なんでも習うことができた。母は、できるだけ高くわたしを売ろうとしたから、お稽古事にはお足を惜しまなかったのよ。よく、言ってたわ。亭主なんていなくたっていい。でも、子供はつくらなきゃなんない。それも女を産んで、いい妾に育てるんだって。自分は齢《とし》喰ってわたし一人しか産めなかったけど、おまえは何人も産んで、みんないい妾に仕上げて、安心しなきゃあって。それがほんとうにわたしの幸せなんだって、信じこんでたの」

四万は二年前、煮売屋の女主《おんなあるじ》におさまった里に看取《みと》られ、不自由のない暮らしのなかで逝《い》った。四万は正しかった。夜鷹となって、暗い川辺で野垂《のた》れ死ぬことなく、きれいな畳の上で仏になった。

「だから、わたしもあなたのお嫁さんにしてもらおうなんてちっとも思わない。それより、もう二十四の中年増《ちゅうどしま》になっちゃったから、早く女の子を産まなきゃあ」

里は泣き笑いのような顔でつづけた。

「母からは何人もって言われたのに、まだ一人も産んでないんだもの。あなたに近寄ったのは、女の子は父親《てておや》に似るっていうでしょ。あなたが父親だったら、さぞかし器量よしが生まれて、いいお妾になるだろうって思ったから。わたしは別嬪《べっぴん》さんに生まれそこなったから、その分、父親にがんばってもらわないとね。だから、あなたを食べ物で釣ったの」

その顔を見たとき泰郎は、里をあかぬけなく感じた理由に触れたような気がした。

きっと四万は、里が幼い頃から、自分たちが苦界《くがい》に墜《お》ちないためのただひとつの路が妾だと、繰り返し説いたのだろう。子供の里はわけも分からぬまま従ったが、娘になった里のなかには、当人も知らぬうちに、たとえ妾にはなっても、なり切らぬように押しとどめるものが芽を出したにちがいない。

それが、他人にはあかぬけなさに映り、そして情を交わした者には、美しさを彫るものへと変わって見えるのだろう。

「だから、あなたとは赤ちゃんができるまでのおつきあい。できたら、あなたとはさっさと別れるの。だから、あなたはわたしのことなんてぜんぜん考えなくっていいのよ」

そんな法外な話があるものか、と言ってはみたものの、言うそばから、いかにも言葉が軽いと、泰郎は感じた。なんとしても里を嫁に取るという、覚悟が据《す》わっていない。これでは到底、あの世の四万と渡り合うことなどできない。

ほんとうに妻に欲しいなら、どんなに周りが反対したって、いったん旗本の養女にしてから迎えるなりすればよいはずだ。たしかに、元は妾で、おまけに、ケコロだった女を母に持つ里を武家の養女にするのは一筋縄《ひとすじなわ》ではいかなかろうが、できない話でもあるまい。あるいは、自分が武家を辞《や》めて、算学一本の暮らしになってもよいだろう。そうすれば、互いに町人どうし、なんらはばかることはない。

それがいまだにそうしていないのは、里への想いがしょせんその程度で、惚れてなんぞいないということなのか、それとも、父子二代の無役の上に、師を持たない算学者という、定まらない身すぎのゆえか。独り者ならばけっして具合がわるくはないどっちつかずの暮らしも、嫁を取って子を生《な》すとなると、ほんとうに自分が夫となり、父となれるのかと、つい惑《まど》ってしまう。幼い頃からずっと、武家の御勤めというものを肌で知らないおぼつかなさが、そんなときに出る。

「着てみて」

縫い上がった単衣の両肩を持って、里が立ち上がり、笑顔とともに言葉を寄こした。

言われるままに袖を通しながら、あの頃となんにも変わっちゃいないと泰郎は思う。よくも里に向かって、この先、どうするつもりなのだ、などと口にできたものだ。問われなければならないのは、こっちのほうなのに。

里はずっしりと、重く生きている。四万と二人分を生きている。それに比べて、同じ親子二代でも、いざというときの自分のおぼつかなさはどうだ。あるいは、そのおぼつかなさは、里には、身分ちがいゆえの冷たさとして伝わっているかもしれない。自分はその身分に、しっかりと両袖を通すことができずにいるのだが。

「わあ、やっぱりよくうつるう！」

泰郎に顔を向けたまま、あとずさりした里が声を上げる。

「青梅《おうめ》の桟留縞《さんとめじま》なの。前から、あなたに合うって思ってたのよ」

藍《あい》の地に細い赤茶の縦縞《たてじま》で、陽《ひ》の加減で布地がうっすらと光る。そんな着物は着たことがない。つい算学の癖が洩れ、光沢を出すための染めと織りの数値計算に頭がいきかけて、泰郎はあわてて打ち消した。

「いい風合いだ」

「綿と絹の交《ま》ぜ織りなの。縦糸が綿絹《めんきぬ》で、横糸が綿。織り上げてからも砧《きぬた》で叩いて滑らかにするから、こういう感じになるのね」

話しながらも、目は単衣から離れない。自分でも納得の仕上がりのようだ。おいおい知ったのだが、里の縫い物は界隈でも評判を取っている。解《と》いても針目《はりめ》が見えない縫い手として、聞こえているらしい。それも、妾の稽古に入っていたのだろうか、いつ、煮売屋をたたんでも、仕立師としてやっていける。妾なんぞにならなくても、不自由はしない。

　でも、里は、もしも女の子ができたら、ほんとうに言葉のまんまに自分と別れて、妾に育てようとするかもしれない。里にとって、きっと四万はあまりに重い。抵《あらが》うにしても、自分の見かけをあかぬけなくさせるだけで精一杯だろう。

　ふんぎりをつけなきゃいかんな、と泰郎は思う。なんにつけ、白黒つけようとして壊《こわ》れちまうよりは、灰色のままうっちゃっておいたほうがいいくらいに思ってずっとやってきたのだが、このままでは自分の娘を妾にされてしまいかねない。でも、どうやって、ふんぎりをつけたらよいのだろう……。そいつが、どうにも分からない。


　役所に通う父を見ずに育った泰郎にとって、御勤めといえば、父がか細い活計《たつき》を助《す》けるために、庭に建てて貸し出していた家作《かさく》の住人たちの生業《なりわい》だった。儒者や国学者や、詩人や歌人や本草学者などを間近に見てきた。

　そのなかで、いちばん興味を引かれたのが算学者だった。算学者とはいっても、脇田順庵《わきたじゅんあん》というその借家人が教えていたのは、いわゆる地方算法《じかたさんぽう》で、検地の仕方や川除普請《かわよけぶしん》の進め方といった、農政の現場で求められる実用の算学だったが、それでも十七のときにその一端を覗《のぞ》かせてもらったときには、十分に胸が躍ったものだった。

はっきりと覚えているのは、順庵が富士山の高さを導き出してみせたときだ。それまでの聞きかじりで、離れた場処にあるものの高さは、三角形の相似形《そうじけい》を使って知ることができるのは分かっていた。

けれど、それは測るものまでの距離がすでに出ている場合であって、富士山の場合は下谷からの直線距離が明らかではない。そんなときでも算学を使えば求める高さが手に入ることを知って、なんとも不思議な感覚を味わった。

不思議な感覚というのは、つまり、もしも算学がなければ、富士山の高さは永遠に知られることはなかったということだ。

富士山に限らず、あらゆる山には高さがある。なのに、測る方法がなければ、数字の上では、高さはないのと同じになってしまう。

逆に言えば、この世は、算学によって明らかにされたいもので溢れているのではないか、と泰郎は思った。

それがはっきりしたのは、中国から持ち込まれた『幾何原本《きかげんぽん》』という西洋算学の翻訳書をめくったときだった。

そこでは、三角形の内角の和が百八十度であることが記《しる》されていた。三角形にはいろいろな形があるけれど、どんな形をしていようと、それが三角形である限り、内角の和は百八十度なのである。

それを知ったときの衝撃は、富士山の高さを知ったときとは比べものにならなかった。

富士山に高さがあることは、誰だって見れば分かる。数字として明らかにするには算学の助けを得なければならないが、高さを持つことじたいは子供だって分かる。でも、三角形の内角の和はそうじゃない。

まっとうな暮らしをしている限り、人が三角形の内角の和なんぞと関わる機会はまったくない。

三角の形をした田んぼが隣り合っていたとする。それを見て、誰かがなにかを考えるとしたら、こっちの田んぼとあっちの田んぼとでは、どっちが広いかとか、この辺とあの辺ではどっちが長いか、くらいのものだろう。まちがっても、こっちの田んぼの内角の和はいくつで、あっちの田んぼのそれはいくつなんだろう、などとは思うまい。

つまり、三角形の内角の和は、山の高さのようには存在しない。人々にとって、山の高さは、ある、けれど、三角形の内角の和は、ない、のだ。

ない、が、三角形の内角の和が百八十度であることは、断じて正しい。

この世には、まったく人の目には見えていないけれど、疑いようもない真の正しさが、あるということだ。

そして、それは、三角形の内角の和だけであるはずもない。

きっと、この空の下には、算学によってのみ存在が明らかにされる、真理がちりばめられているのだろう。

そして、待っているのだ。算学を志す者たちが、自分たちに気づくのを待っている。

そうと分かったとき、泰郎は思わず身ぶるいした。自分のやるべきことを、ようやく手に入れたと知った。

自分は、見えないけれど、あるものを、ひとつひとつ、見えるようにしていくのだ。

おのずと、泰郎の算学は、独学にならざるをえなかった。

この国の算学者は、三角形の内角の和に対してすこぶる冷淡だった。まともに相手にもせず、黙殺した。

それも道理で、三角形の内角の和どころか、角度という概念そのものが、頭のなかになかったのである。驚こうにも、どう驚いてよいのか分からなかったのだ。もしも、三角形に目を向けたとしても、関心がゆくのは辺の長さで、角度には向かわない。

なぜかというと、実用で役に立つのは辺の長さであって、角度ではないからだ。だから、彼らは、角度も、勾配《こうばい》として理解する。

角度と勾配は、どうちがうか。

まずは、直角三角形を、斜辺を上にして置く。底辺を同じにして、頂点を上に移動させると、斜辺の角度が急になるが、彼らはそうは見ない。角度には目をつむり、底辺に対して斜辺が長くなった、と認識する。これが、角度と勾配のちがいである。

勾配は角度ではなく、長さの比だ。実用の目からすれば、斜辺の、つまり現実には坂の、あるいは階段の、長さが変わることが問題になるのである。

そこが、この世の成り立ちを解き明かそうとして始まった西洋の算学と、あくまで実用に根ざしたこの国の算学との根っからのちがいであり、誰かに師事しようにも、誰もいなかったのである。

以来、泰郎は、誰からも理解されないことを覚悟して、己《おのれ》だけの算学と向き合ってきた。

とはいえ、迷いの類《たぐい》とまったく無縁だったわけではない。とりわけ、自分が無役という境遇から、算学に逃げているのではないかという疑念は常につきまとった。算学の厳密さからすれば、武家の在《あ》り様《よう》はまったく理に合わない。だからといって、泰郎は武家を否定しない。というよりも、拒むことができない。

泰郎はひとつの誤謬《ごびゅう》もない算学に憧れる一方で、己の躰《からだ》を流れる小十人筋の血に、人知れず誇りを抱いている。それを矛盾と感じるほど、さすがに泰郎も幼くはない。矛盾を生きるのが人だろう。

たしかに、小十人筋は貧乏旗本である。家格においても、五番方のなかで最も劣る。小姓組番《こしょうぐみばん》や書院番組《しょいんばんぐみ》の番士になるべく定められた、両番家筋《りょうばんけすじ》とは比べるべくもない。とはいえ、御当代様に近侍《きんじ》してお護りする番方であることにまちがいはない。泰郎は子供の頃からずっと、武家のなかの武家であると信じてきた。

泰郎が算学をやっているのを知ると、少なくない人が、ならば御勘定所に入れるといいですね、と言う。そして、つづける。もう、筆算吟味《ひっさんぎんみ》は受けたのですか。当《とう》世《せい》は、なんといっても御勘定所勤めがいちばん羽振りがいいですからなあ。算学に通暁《つうぎょう》されているのなら、もう、とんとん拍子でしょう。

冗談ではない。自分は武家である。武家は番方にきまっているだろう。誰が役方《やくかた》になどなるものか。それに、算学と算盤勘定《そろばんかんじょう》とはまったく別のものだ。馬と驢馬《ろば》よりもちがう。泰郎は二重に腹が立つ。

そういう泰郎だからこそ、番方の御勤めを躰で識《し》らないという負い目は重くつきまとった。おしなべて、識らないものは、勝手に大きくなる。泰郎は自分だけの算学に取り組みながらも、真の自分は武家らしくありたいのに、それが叶《かな》えられないがために、算学に仮泊《かはく》しているのではないか、という想いを拭《ぬぐ》い切れないでいた。

こいつをなんとかしなければ、里とのこともふんぎりがつけにくい。己のなかの武家とどう折り合えばいいのか。そのためにも、武家を躰で識らねばならないが、どうすればそれを識ることができるのか。

悶々としていたところへ、川開きも済んだ六月初めのある日、顔を出したのが、同じ小十人筋で幼馴染みの北島義人《きたじまよしと》だった。

「すまんが、水を一杯くれんか」

自分の家のようにずんずんと庭に回った義人は、濡れ縁の前に立つと、汗を拭《ふ》き拭き、相手に出た泰郎に言った。

「外はそんなに暑いか」

濡れ縁から空を見上げながら、泰郎は答えた。その日は梅雨《つゆ》の晴れ間ではあったが、けっして汗ばむほどの陽気ではなかった。

「六阿弥陀《ろくあみだ》だ。ひと息ついたら、これから田端《たばた》に回る」

そこへタキ婆さんが水を持ってきて、義人は喉を鳴らして飲んだ。今日のタキ婆さんはずいぶんと調子がいい。心なしか、里が出入りするようになってから、かなりましになってきた気がする。

「逆回りか」

「ああ、この前はふつうに回って亀戸《かめいど》で仕舞《しま》った。今日は逆だ」

六阿弥陀は、かの行基《ぎょうき》が一本の大木から六体彫ったとされる阿弥陀像を本尊とする六カ所のお寺を、一日でお参りする行《ぎょう》である。通常は豊島《としま》の西福寺《さいふくじ》から始めて沼《ぬま》田《た》、西《にし》ヶ原《がはら》、田端と回り、下谷の常楽院を経て、亀戸の常光寺《じょうこうじ》で終わるが、逆に巡る参り方もある。

常楽院が、ひいてはこうじ屋のある三枚橋横丁が常に賑《にぎ》わっているのも、六阿弥陀のお蔭といってよい。常楽院はいろいろ仕掛けをこらした娑婆《しゃば》っ気《け》たっぷりの寺で、他に閻魔像《えんま》もあるし、富籤《とみくじ》だってやっているのだが、とにかく、常楽院といえば、誰に聞いたって、六阿弥陀の五番目なのだ。

「しかし、よくつづくな」

義人は毎月、三と五と七のつく日に、六阿弥陀に参っている。正と逆をかわりばんこにして、今日は逆らしい。

「さほどのことではない」

義人の家もまた無役だ。

「相変わらず、逢対《あいたい》も毎日つづけておるのか」

泰郎は義人と並んで濡れ縁に座った。

「むろんだ」

逢対とは、登城する前の権家《けんか》、つまりは権勢を持つ人物の屋敷に、無役の者が出仕《しゅっし》を求めて日参《にっさん》することである。老中、若年寄はもとより、小普請組組頭、徒頭《かちがしら》、評定所留役、勘定奉行……考えられるあらゆる屋敷を回る。

まだ暗いうちから、一刻《いっとき》余りも門前に並びつづけ、野菜を並べるようにして、十把《じっぱ》一絡《ひとから》げに座敷や廊下に通される。そこでまた、登城前の要人が姿を現わすのをひたすら待つ。ようやくそのときが訪れても、こちらから声を発してはならない。ただ黙って座りつづけて、顔を覚えられ、向こうから声がかかるのを待つのである。

その辛抱に五年、十年と耐えても、出仕に結びつくことはほとんどない。傍《はた》から見れば不毛でしかない逢対を、義人は十六のときからもう十二年つづけている。それも毎日欠かさずだ。

さすがに周りは義人を敬遠し、時に気味わるがりさえするが、泰郎は心底すごいと思っている。誰にもできないことを、義人はやり通している。きっと、いつかは、逢対ではまれな成功例になることを、泰郎は疑わなかった。

「まねできんな。おまえの堪《こら》え性《しょう》は」

そんな義人を目《ま》の当たりにすると、やはり、自分は逃げていると思えてくる。

「さほどのことではない」

さっきと同じ言葉を、義人はまた言う。そして、つづけた。

「これが俺の武家奉公だ。だから、毎日通っている」

「ほお」

思わず、泰郎は義人の横顔に目をやった。

「武家奉公するための逢対ではなく、逢対そのものが武家奉公というわけか」

「当然であろう。家禄をいただいているのだ。なにかをやらねばならん」

「その家禄に不満を持つ者が、小十人筋には少なくない」

「人のことは知らん」

義人はにべもない。

「ではな。休ませてもらった。そろそろ行かねばならん」

言うが早いか、腰を上げ、足を大きく踏み出した。

きっと義人は田端までずっと、その大股をつづけるにちがいない。義人の六阿弥陀は、願掛けではないからだ。

いざというときにお役に立てるよう、義人は六阿弥陀で足腰を鍛えている。だから、誰から強《し》いられたわけでもないのに、休む時間も己で定め、きっちりと守る。あらかたの男であれば、三月《みつき》とかからずに空回りするだろう。それを義人は十年を越えてつづけている。

その闘う背中を見送った泰郎は、ふと、ここにいるではないか、と思った。ここに紛《まぎ》れもない武家がいる。こいつが武家でなくて、誰が武家だ。

こいつをもっと知れば、武家を識ることになるかもしれない。

義人はずっと近くにいたが、知る気で知ろうとしたことはなかった。どんなにつきあいが長かろうと、知ろうとしなければ、知れることなどほんのわずかだ。

とりあえず、義人が逢対に行くとき、同行を頼んでみようと泰郎は思った。

「そういうことなら、若年寄の長坂備後守秀俊様《ながさかびんごのかみひでとし》への逢対がよかろう」

それから四日後の六月七日の午、下谷山下の鰻屋《うなぎや》、大和屋《やまとや》で、鰻丼《うなどん》を抱えながら義人は言った。

「そうなのか」

泰郎も箸を動かしつつ問うた。

「しかし、なぜ、その長坂様なのだ」

逢対に同行させてもらう礼が、鰻丼一杯だった。義人は、そんなのはお安いご用で、礼などされると恐縮すると固辞したが、大和屋の名を出すと、ほんとにいいのか、と言った。山下で鰻といったら濱田《はまだ》か大和屋で、そして鰻丼は義人の唯一の好物だった。

「とりあえず、こいつを腹におさめてしまってからでよいか」

答える代わりに、義人は箸で、丼の縁《へり》を軽く叩いた。

「話しながらだと、せっかくの大和屋の味が分からなくなる」

「これは気づかずに、すまなんだ。そうしてくれ」

かつて義人の前で、食い物の話は禁句だった。食い物なんぞ、腹がくちくなりさえすればなんでもいいという武家の縛りを、義人らしくきっちりと守っていた。それが、丼飯《どんぶりめし》に蒲焼きを乗せた鰻丼なんぞという食い物ができて、たまたま一度食う機会を得てから、鰻丼にだけは目がなくなった。

「ではな。俺は早い。そんなに待たせん」

もともと、義人は酒を飲まない。茶だけで黙々と鰻丼を食う。つまみも一切頼まない。義人によれば、鰻丼の前につまみを口に入れると、鰻丼の味が濁るのだそうだ。そういうわけで、義人は言葉どおり、泰郎が半分も食わぬうちに丼を空にした。

武家の早食いは、いまでも守っている。

「さすが大和屋だな」

ふーと息をつき、茶を含んでから言った。

「旨い」

「そうか」

「好物ができるということは、弱みができるということだ。弱みは持たぬようにしていたのだがな、やはり旨い」

妙に、しんみりと言う。

「鰻断《うなぎだ》ちができるようになったと思えばよいではないか」

いくら義人だって、ひとつくらい好物があっても罰《ばち》は当たるまい、と思いつつ、泰郎はつづけた。

「おまえはこれまで、願掛けても、断つものがなかっただろう」

「うまいことを言う」

空の丼と箸を置いて、義人は言った。

「では、今日を最後に鰻断ちをして、逢対に通うことにするかな」

おや、と泰郎は思った。義人にとっては、逢対そのものが武家奉公ではなかったのか。それでは、ふつうに、武家奉公がしたくて逢対に通うことになってしまう。

「長坂様だがな」

泰郎の不審をさえぎるように、義人が話を戻した。

「ただの若年寄ではない」

「ほお」

そうと話が進めば、泰郎も本筋に注意を集めざるをえなかった。

「若年寄だけなら権勢もそこそこだが、長坂様は勝手掛《かってがかり》で、おまけに御側衆《おそばしゅう》の一人だ」

　語り始めると、義人の声には、土地勘を持つ者ならではの響きがあった。

「そうなると、幕閣のなかでも重みが変わってくる。平《ひら》の老中などよりも、よほど威勢がある。どうせなら、時流に乗っている人物のほうが得るものも大きかろう」

「なるほど」

「それにな。長坂様の御屋敷は俺もまだ伺っていないのだが、伝わってくる話によれば、なかなかの人物のようだ。齢はまだ四十の半ばだが、諸々《もろもろ》弁《わきま》えていて、お人柄がよい、とな」

「そこまで分かるものなのか」

「逢対はお人柄が如実に出るものなのだ」

「ほお」

「たとえば、訪問客の待たせ方ひとつをとっても、皆それぞれにちがう」

「そういうものか」

「まずは記帳をするのだが、なかには、紙代を惜しむのか、その用意のない御家もある。これが訪問側には困る。行ったしるしが残らない。実際はすぐに故紙屋《こしや》に行ってしまうのかもしれぬが、訪問側にとっては、用紙に残した名前ひとつにも一縷《いちる》の望みを託しているものなのだ。お目にかかる時間はわずかで、通常は言葉を交わすこともないから、有り体《あてい》にいえば、実際は記帳をしに行くという面もなくはない。それがないとなると、的のない矢場さながらになってしまう」

泰郎は先刻の不審を忘れて聞き入った。

「次に記帳をしたあとの扱いだ。きちんと記帳の順番どおりにお目通りしていただければ、列をつくって並びつづけることもないわけだが、記帳の扱いがぞんざいだと、結局、行列をつづけるしかなくなる。俺はそれも鍛練と心得ているが、冬場の未明、寒風にさらされながら立ちつづける一刻を、辛く思う者は多かろう。雨が加われば、なおさらだ」

「ああ」

だんだんと、鰻の味がしなくなる。

「ところが、長坂様の御屋敷では、待合所を新たに普請されたと聞く。記帳をすると、すぐに待合所に通され、床几《しょうぎ》に座って待つことができるらしい。冬場は火鉢が置かれ、熱い茶のもてなしもあるようだ」

「ずいぶんなちがいだな」

「いや、俺もかなりの数をこなしているが、いまだかってそんな御屋敷に上がったことはない。最初、耳にしたときは、引っかけと思ったほどだ。それにな、長坂様はよく皆の話を聞かれるし、また、話もされるらしい。それもまた珍しい」

「そうか」

泰郎もようやく、箸を置いた。

仲居がやってきて、水菓子をお持ちしてよろしいですか、と聞く。なんだ、と問うと、真桑瓜《まくわうり》です、と言うので、義人の顔をたしかめてから頼んだ。

「さる大物老中などは、凍《い》てつく朝に皆にかける言葉が『寒冷《かんれい》!』のひとことだけだ」

すぐに義人は話をつづける。

「今朝は寒いな、でも、冷えるな、でもない。最初は皆、すぐには意味が分からなくてな。寒冷の冷を、礼儀の礼だと勘ちがいして、なにしろ大物だから、なにか特別の礼をしなければならないのかと思ったらしい。かといって、当り前だが、そんな特別の礼などまったく思いつかん。誰か知ってるやつはいないかということで、みんなで顔を見回しつづけたそうだ」

「笑えんな」

「ああ、笑えん。逢対はな、笑えんことだらけだ」

ふっと息をしてから、つづけた。

「笑えんことだらけなのに、報われん」

声に自嘲の色が雑《ま》じって、不審がまた頭をもたげる。

「ところがな、長坂様への逢対に限っては、あるいは報われるかもしれん、という評判が立っている」

「報われる？」

「ああ」

「つまりは、出仕が叶うということか」

不審は再び隠れた。

「まだ噂の域は出んがな。そういうことだ」

「裏付けのある話ではないのか」

「こういうものは、表立って話が出るものではなかろう。逢対が出仕に結びつくなど十年に一度あるかないかのことだから、俺もたしかとは言えんが、たとえ、出仕が叶ったとしても、誰の引きでそうなったかを、当人が口に出すのは差し控えるはずだ。それでも、引かれた理由はともあれ、引かれた事実じたいは、結局は洩れ伝わる。噂では、二人が御役目を得たということだ。長坂様は若年寄に就《つ》かれてから二年と少しだ。事情を知らん者はたった二人と思うかもしれぬが、一年に一人というのは、逢対に励む者なら誰にとっても大事件だ」

　義人が息をついだところで、仲居が真桑瓜を持ってくる。けれど、二人とも手はつけなかった。そのとき、口は食うためではなく、話すためにあった。

「つまり、こういうことだ」

　義人はおもむろにつづけた。

「逢対に精勤する者たちが、報われんのに、なぜ日参するかといえば、そうするしかなかったからだ。無役の不安を抑えるために、通っていたと言ってもいい。有り体に言えば、気休めだ。出仕は無理と皆分かっているが、とにかく自分は精一杯がんばっていて、出仕の目だってまったくないというわけではないと思いたくて日参していたのだ。ところが、長坂様の登場で、この図式が変わった。ほんとうに御役目に就くことができるかもしれない、ということになった。こうなると、これまでの逢対とは、まったくありようが変わってくる」

　話は思わぬ方向へ進んでいった。

「どんなにちっぽけな世界でも、長くつづけば、それなりの作法やしきたりめいたものが生まれてくる。逢対でもそうだった。ま、俺のように古くからやってる者が、そういう役回りを引き受けてきた。気休めがきちんと気休めになるためには、そういうものにも相応の意味があったのだ。ところが、もう、そんなものにはなんの取り柄もない。なにしろ、ほんとうに御役目に就けるかもしれんのだ。そこで、どう振る舞うべきかは、誰も答を持っていない。いわば、横一線だ。なんの展望もない代わりに、それなりに納まってはいた世界が崩れて、一人一人がなんとしても出仕が叶うよう躍起《やっき》になっている。まさに、逢対が始まって以来の大事件が起きているというわけだ」

そこで初めて、義人は切り分けられた真桑瓜に楊枝《ようじ》を刺した。

「実はな……」

ひと切れの真桑瓜を腹に送ってから、義人はつづけた。

「俺もその一人だ」

泰郎も釣られて真桑瓜を口に入れた。ひんやりと冷たいものが欲しかった。

「逢対そのものを、武家奉公と認めていた気持ちに嘘はない。十年このかた、ずっとそう己に言い聞かせてきた。しかし、出仕が現実のものに思えてから、否応なく気持ちが変わっていった。いまから思えば、これまでは、逢対で御役目に就くことなどありえないという諦《あきら》めが前提にあったのだろう。どうせ無理と分かっていたからこそ、無欲でいられた。ところが、無理ではないとなったら、とたんに欲が出る。なんのことはない。人となんら変わるところはなかったのだ。いまは、長坂様への逢対をなんとかがんばって、三人目になりたい、それだけだ」

そして義人は、泰郎の目を真っ直ぐに見て言った。

「おまえは先刻、俺を武家らしいとさんざ持ち上げてくれたが、事実はこのとおりだ。どうだ、幻滅したか」

「なんの」

即座に、泰郎は答えた。

「幻滅なんぞするものか。ここでがんばらない武家がどこにいる！」

義人こそ三人目にふさわしいと、泰郎は思っていた。


長坂備後守の上屋敷は、神田《かんだ》小川町《おがわちょう》近くにあった。

逢対は二と八のつく日ということなので、早速、翌八日、夜明けよりも一刻前の暁《あかつき》七つに義人とともに門を潜《くぐ》ると、もう行列ができていた。

とりあえず並んで前のほうを見やれば、受け付けは七つ半からであるにもかかわらず、すでに二人の用人が整理のための木札《きふだ》を配っている。そのあいだにも訪問客は次々にやってきて、泰郎たちの後ろにも長い列ができた。

さほど待つこともなく、義人と泰郎のところにも用人がやってきて、札を受け取ってみれば、四十六番と四十七番だった。

なにげなしに、もう一人の用人が手にする盆の上に目をやると、札は残り三枚しかない。案の定、泰郎の後ろ三人目、つまりは五十番目で打ち切りが告げられた。

とはいえ、その告げ方は威丈高《いたけだか》ではなく、配慮あるものだった。未明とあって、行列に向かって声を張り上げたりはしない。せいぜい三、四人に届くくらいの声で、打ち切りの理由を説き、希望に応えられないことをいちいち詫《わ》びに回る。

「申し訳ござらんが、備後守は待合所に入る五十名に限って、逢対をお受けしております。それより多くなりますと、目配りが行き届かぬゆえでありますれば、なにとぞご容赦いただいて、本日はお引き取り願いたい」

そういうわけなので、不平はあってもひとことふたことで、行列は遅滞なくほどける。思わず、義人と泰郎は目を合わせた。たしかに、当主の人柄は、訪問客の待たせ方ひとつにも出る。

案内された待合所は本普請ではないが、木の香も新しく、十分に雨露をしのぐことができる。義人から聞いたとおり、腰を下ろす床几もたっぷり人数分並べられている。

入り口の受付で記帳をし、脇差《わきざし》を残して本差《ほんざし》だけを預けると、木札と同じ番号の札が下緒《さげお》につけられて、まちがいないかどうかの確認を求められた。たしかに四十七番で、相違はない。

たとえまちがえられたとしても、さしたる実害はないが、愛着はなくはない。刀がただ合戦場《かっせんば》で用いる道具にすぎなかった時代にひと束《たば》まとめて鍛えられた備前長船祐定《びぜんおさふねすけさだ》で、代付けをすれば下直《げじき》だろうけれど、けっしてわるいものではない。いわゆる数打物《かずうちもの》の割には、鍛練はけっこう密だし、面構《つらがま》えだって不粋《ぶすい》一辺倒ではなく、遣《つか》い手の想い入れにも堪《た》える。

係の者の扱いは丁寧で、ちらりと奥を見ると、さながら道場の壁のように多くの刀架《とうか》がしつらえられていた。優に五十口《ふり》分はあるだろう。これなら取りちがえられることはあるまいと思いつつ、床几に向かった。

屋敷内の大広間に通されたのは、きっちり明け六つである。

ほとんど間を空けずに長坂備後守が入ってきた。能吏《のうり》、の風情《ふぜい》である。

けれど、弱々しくはない。

羽織袴で、しかとは捉えられぬが、躰は鍛練を忘れずにいるように見える。

意外にも、文武を兼ね備えた人物なのかもしれない。

目には力がある。

機知《きち》をも伝えてくる。

若年寄で、勝手掛で、御側衆であることにいちいち得心することができる。

ああ、これが幕閣に連なる者の居ずまいなのかと、泰郎は嘆じた。

これだけでも、来た収穫はあったと思える。ともあれ、これが、武家の三角形の頂点あたりの景色ではあるのだ。いま、自分は、武家を躰で識っている。

備後守は手抜きなく挨拶をしたあと、一昨日の大雷雨に触れた。六日の夕七つから暮六つにかけて激しい雷雨となり、本石町《ほんごくちょう》や小日向《こひなた》、吉原《よしわら》、金杉《かなすぎ》に繁く落雷して大きな被害を出した。皆様のお住まいはいかがか、と問い、もしも被害に遭われたらお見舞い申し上げると添えた。そのあと、居並ぶ訪問客に、自らを案内するよう求め、一番から順番に、名前と身分、あれば存念を言っていった。

最初は、皆、自らを語ることに慣れておらず、名前と身分だけを口にする者がつづいたが、半ばを過ぎた頃から、御役に立ちたいと存ずる、とか、御益《おえき》に寄与すべく努める所存であるとか、ひとことふたこと加える者が出てきた。

三十番台が終わって、四十番台に入った頃には、もうなにか言い添えるのが当り前のような雰囲気になってきて、はたして義人はどうするのかと思っていたら、名前と身分だけだった。先刻から義人はずっと、訪問客が唇をうごかしているときの備後守の顔つきを観察しているように見えた。おそらくは、なにか理由があって、存念を口にしなかったのだろう。

だから、泰郎も、やはり、名前と身分のみにした。もとより、泰郎は、武家を躰で識るために、そこへ来ている。義人に倣《なら》わずに、存念を語らなければならない謂《い》われはなにもない。

最後の五十番の訪問客は、自分はずっと献策の立案をつづけており、機会を得て、提案申し上げたいと踏み込んだ。済んだときには、朝五つが近づいており、皆様の存念は肝に銘じた、と備後守が締めくくって仕舞いとなった。

帰りに待合所の受付で木札を返すと、また、丁寧に照合してから本差が戻された。

自分の備前長船祐定にまちがいなかった。

屋敷外へ出ると、義人はふーと大きく息をついた。

なにかを語るのかと想ったが、そうではなく、そのまま唇を閉ざして、表猿楽《おもてさるがく》町《ちょう》の通りを筋違御門《すじかいごもん》方面へ歩いた。

泰郎も黙したまま歩を進めた。口に出したいことは諸々あるのだが、なかなか気持ちに添った言葉が見つからず、また、界隈は武家屋敷がずっとつづいており、知らずに、声にするのが憚《はばか》られた。

「いま頃は、登城の御支度の真っ最中であろうな」

義人がようやく言葉を発したのは、神田川を縁取《ふちど》る柳原土手《やなぎわらどて》の柳が目に入ってきた頃だった。

「よく、ぎりぎりまでおつきあいしていただけたものだ。幕閣にありながら、あれを月に六日、やるというわけか」

泰郎もそれを考えていた。若年寄の登城の刻限は朝四つと決まっている。幕閣の登城の支度であってみれば、朝五つには始めねば間に合うまい。

「ああ、なかなかできるものではない」

足は須田町《すだちょう》に差し掛かって、もうそこからは神田の町場《まちば》が延々と広がる。そのまま柳原土手を行けば、ほどなく江戸随一の盛り場である両国橋西詰《りょうごくばしにしづめ》に着く。辺りには下谷広小路と同じ匂いが漂い出して、泰郎は急に空腹を覚えた。

思わず傍《かたわ》らに首を回すと、義人と目が合って、同じ想いであることが伝わる。蕎《そ》麦《ば》でよいか、と問うと、笑みを浮かべながら、ああ、鰻断ちしたばかりだからな、と言うので、朝から暖簾《のれん》を出している杉屋《すぎや》という蕎麦屋に入った。ここいらで蕎麦を食うときは、一応、そこと決めている。

杉屋は、蕎麦切りはいまひとつだが、汁《つゆ》がめっぽう旨い。入れ込みの奥に席を取り、夏ではあるが、かけを頼んで鉢を傾けると、出汁《だし》の滋味《じみ》が腹に染み渡っていくようだった。

二人とも、半ばまで一気に手繰《たぐ》って、ひと息つく。義人はさらにひと口、汁を飲んでから鉢を置き、まだ昂揚《こうよう》を残す顔を泰郎に真っ直ぐに向けて、今日で俺ははっきりと確証を得た、と言った。

「やはり、二人が出仕したのは事実だろう。お人柄というのは、細かいところほど出るものだ。俺は、あの行列打ち切りの詫びの仕方にそれを見た。当人ならともかく、用人に、あそこまで配慮を徹底させるのは生半可《なまはんか》のことではない。御当主の並々ならぬ意志が伝わってくる」

「俺もそれは感じ取った」

泰郎もうなずいて、つづけた。

「待合所の受付の奥にあった刀架は見たか」

「いや」

「わざわざ壁にしつらえられていた。あれなら、取りちがえられようがない。幕閣にとっては、逢対など、ずっとつづいてきた習いゆえ、自分らで止めるわけにはいかんが、できればやらずに済ませたいのが本音だろう。ところが長坂様はあそこまで用意を調《ととの》えられる。お引立て云々は俺にはよく分からぬが、義人が言うように、十分に目配りしようという構えの現われとは見た。一事が万事、は断じて正しい」

「いまをときめく長坂様に、あそこまで気を入れていただいているのだ。こっちも、長坂様を上回る覚悟で逢対に臨まねばならん。俺はな、泰郎。腹をくくるぞ。実はな、俺のような古株は長坂様の逢対には顔を出しづらかったのだ。己が物欲しそうでな。しかし、これからは欠かさずに伺って、思い切り、存念を申し上げるつもりだ」

「それでか」

「なんだ」

「自らを案内する番が回ってきたとき、おまえはあえて存念を言わなかっただろう。それまではずっと長坂様の気配を読んでいた。あれはどういう意図で、言わなかったのだ。やはり、その長坂様を上回る覚悟というのが関わっているのか。この次に、なにを言おうとしているのだ」

義人はとたんに困惑したようだった。言うか言わぬか、迷う様子がありありと伝わって、結局、言った。

「それは、おまえの買いかぶりだ」

「買いかぶり？」

「ああ、とんでもない買いかぶりだ。なにしろ初めてのことで、緊張して、すっかり上がってしまってな。言おうとはしたものの、なんにも言えなかったのだ」

二人は声を立てて、笑った。


その二日後の朝、三枚橋横丁の泰郎の屋敷を、一人の武家が訪れた。

玄関へ応対に出た塾生の一人が、怪訝《けげん》な顔で、長坂備後守様のお使いの方とおっしゃっていますが、と伝えに来たときには、ただただ意外で、いったいどういうことなのだろう、と思った。

とりあえず客間に通して、考えを巡らせてみたのだが、思い当たる節があるはずもなく、ともあれ、当人に聞くしかあるまいと顔を出すと、武家の言上《ごんじょう》を耳にする前に、はっきりとその顔を思い出した。逢対の待合所の受付にいた家中だった。

しばし、一昨日の礼などを入れつつ挨拶を交わして、あらためて用件を聞けば、備後守が折り入って懇談の機会を持ちたいと申しておるので、突然の申し入れではなはだ恐縮ではあるのだが、本日、御城から戻る八つ半以降で時間を取っていただくことはできまいか、と言う。

とはいえ、懇談、と言われても、なにを懇談するのか、皆目、見当もつかない。どのようなお話でござろうか、と問うたのだが、さあ、それがしにも伝えられておりません、じかに備後守から聞いていただきたい、と答えるばかりである。

不審を抱えつづけるのも気色がわるいので、できるだけ早く、備後守が御城から戻るという八つ半に、小川町の上屋敷に参る手筈《てはず》になった。

いったい、どんな用件なのか、家中が屋敷を辞去すると、不審はさらに募《つの》る。なにしろ、備後守と関わったのは、あとにも先にも一昨日の逢対だけである。それも、目が合ったのは、自らを案内するときのみだ。そのときだって名前と身分しか言わなかったのだから、いくら振り返っても、あれが今日の用件につながるはずがない。

それでも繰り返しあのときをなぞるうちに、待てよ、と思った。

小十人筋の身分を口にしたときに、自分は算学をやっていることを言い添えただろうか。もしも、言い添えたとしたら、それが、あの日とこの日の唯一の接点になるかもしれぬという気になり、懸命になって記憶をたどって、そして、すぐに止めた。算学者など、掃いて捨てるほどいる。いや、自分のやっている算学だけは、他にやる者はいないが、それが備後守に伝わったとは考えられない。半刻かけたって説く自信がないのに、言ったか言わなかったか分からないような物言いで、それが備後守の記憶にとどまるわけもない。そんなあやふやなことで、あの手抜きのない慎重な殿様が声をかけてくるはずがないではないか。と、堂々巡りをしたところで、泰郎は、慎重か、と思った。

万事きっちりと慎重に物事を進める備後守のことだ。今日のことも、慎重さの現われにちがいない。それがなにかは分からぬが、いま備後守がやろうとしていることを慎重に進めるために、自分と懇談するのだろう。

となれば、懇談の用向きはまったく変わってくる。

おそらく、懇談して語るのは、自分のことではない。

きっと、義人だ。

義人とて、備後守に会ったのは昨日が初めてだが、なにしろ、義人は十六のときから毎日欠かさず、実に十二年、逢対をつづけている。

この世界で、知らぬ者はいない。

万事、抜かりない備後守であれば、当然、それは承知しており、一昨日は、義人の評判を、生身《なまみ》の義人に重ね合わせたことだろう。

そして、その結果、もしも義人を三人目にしてもいいという腹づもりになったとしたら、慎重な備後守は周りから探って、己の判断が妥当であるかどうかを検証するはずだ。

で、まずは、同席した自分に、義人の人となりを問うてみようということになったのではないか。

都合がよすぎる、とは思わない。

第一に、自分を呼び出して懇談する理由が、義人のことの他に見当たらない。

第二に、もしも備後守がほんとうに二名を出仕させたとしたら、その本気の眼鏡に義人がかなってもまったくおかしくない。堪え性も義人の程度までくれば天賦の才だ。この浮わついた文政の御代《みよ》だからこそ、義人の堪え性が貴重になる。算学とて、真理の探求に不可欠な資質は堪え性である。泰郎は幾度、義人の堪え性が自分に備わっていたら、と思ったかしれない。

そうと得心すると、泰郎は、とたんに八つ半を心待ちにした。

義人の役に立てるかもしれないのが嬉しかったし、それに、自分にとっては、武家を躰で識るなによりの機会になる。一昨日は五十人だったが、今日は権家を独り占めだ。本腰を入れて番入りを目指すにせよ、きっぱりと武家に見切りをつけて算学一本の暮らしに入るにせよ、今日が節目になるような予感さえした。

午八つに迎えの駕籠《かご》が来て、余裕をもって小川町に着いた。

八つ半に戻るとはいっても、なにしろ幕閣のことだから、ずいぶんと待つことになるのではないかと覚悟していたら、意外にも、鐘が鳴る少し前に、泰郎の待つ座敷に備後守は姿を現わした。

ひととおりの挨拶のあと、しっかりと顔を合わせると、一昨日とは打って変わって笑みに満ちていて、能吏の顔をどこかに置き忘れてきたかのようだ。なんで、そんな笑顔を向けられるのか分からず、それはそれで落ち着かない。

「突然の懇談の申し入れで、気を揉《も》ませたであろう」

「いささか」

「なので、まず、用件を先に述べることにするが」

それでも、話の持っていき方は能吏のもので、無駄がない。

「はは」

さあ、義人のことなら、なんでも聞いてくれ、と思いつつ、泰郎は構えた。

「長く待たせたが、お主を小十人組に推挙しようと考えておる」

「はあ」

「番入りだ。お主のな」

「それがし、でありますか」

どういうことだ。

「幾度も言わせるな。お主だ」

なぜ、自分なのだ。

なぜ、義人ではない？

ひょっとすると、取りちがえておるのではないか。

「ただし、頼み事がある」

頼み事？

「足下を見るようだが、こちらの頼み事を聞いてもらいたい。聞いてくれれば、番入りだ」

「どのような」

いまをときめく権家が、自分にどんな頼み事がある？

「お主の本差を譲《ゆず》ってほしいのだ」

「本差を？」

「あるいは、交換ということでもよい。お主が、うん、と言ってくれればすぐに持ってこさせるが、同じ備前の長船鍛冶《おさふねかじ》で、長光《ながみつ》や景光《かげみつ》というわけにはまいらぬが、真長《さねなが》のものがある。それと、お主の祐定と取り替えるということでも、こちらはかまわない。いいほうを選んでくれ」

備前長船の祐定と言うからには、自分でまちがいはない。

「卒爾《そつじ》ながら……」

取りちがえているわけではないのだ、と思いながら、泰郎は言った。

「言ってくれ」

「真長と祐定では、代付けがちがいすぎまする。いや、そもそも比べようがございません。当然、交換するわけにはまいりません」

「儂《わし》の申し出は面妖《めんよう》か」

「恐れながら」

あの祐定の拵《こしら》えのどこかに、昔の財宝の地図が隠されているとでもいうのか。それでは、まるで戯作《げさく》ではないか。

「裏はなにもない。ただ、お主の持つ祐定がなんとしても欲しいだけだ」

「なにゆえに。まとめていくらの数打物でございます。備後守様の御執心に値するような代物ではないと存じ上げまするが」

「儂は刀剣を好む」

「は」

「それも、並の好み方ではない。言ってみれば、すれっからしだ」

「すれっからし、でございますか」

「ああ、世間で銘刀とされる打刀《うちがたな》には、まったくと言っていいほど惹《ひ》かれない。儂が魅了されるのは、数打物や束刀《たばがたな》と言われる駄物《だもの》のなかで、えもいわれぬ景色を映し出しているひと口《ふり》だ。つまり、お主の祐定のような真《しん》の業物《わざもの》だよ」

たしかに、数打物にしては景色が深いとは思ってきた。

「むろん、そんな珠玉とはめったに出逢えるものではない。それでも、逢対をやるようになってからは、この二年余りで二度、対面を果たすことができた。そして、今回が三度目だ。それゆえ、なんとしても手に入れたい。それでお主が譲ってくれるのであれば、この頭だって下げるつもりだ」

「めっそうもないことでございます」

若年寄は大名だ。

「ならば、譲ってくれるか」

「その前に、二点ほど、伺ってもよろしいでしょうか」

「なんだ」

「まずは、その二度の対面の際も、持ち主に御役目を与えられたのでございましょうか」

「むろんだ。そうして選んだとて、結果は大差ない。文政の今日、番方など単なる飾りだ」

ふっと息をしてから、泰郎はつづけた。

「次に、待合所の受付の奥にある刀架ですが、あれも、訪問客から預かった本差を、備後守様が吟味するために調えられたのでございましょうか」

「それも、むろんだ。逢対はな、受ける方は受ける方で、気がふさぐものなのだ」

「気がふさぐ……」

「考えてもみろ。出仕への期待ではちきれそうな奴らばかりを相手にしているのだ。少しでも意に添わないと、すぐに落胆して、この世の終わりのような顔つきになる。扱い方をひとつまちがえれば、こんどは逆に激昂《げきこう》して、方々で、あることないこと言われる。噂で止まればよいが、そのあることないことを、御城で政《まつりごと》に使う輩《やから》もいる」

言われてみれば、たしかにそうなのだろうと、泰郎は思った。

「訪問客にとって、逢対は気を張り詰める時間だろうが、こっちはこっちでぴりぴりのしっぱなしだ。なにか、息抜きがないと、とても持たん。儂にとっては、それが刀剣だ。今日はどんな打刀に出逢えるかと想うと、息が詰まる逢対もなんとかやり過ごすことができる。こっちにだって、それくらいの御褒美《ごほうび》があってもいいだろう」

刀剣への偏愛がそうさせるのか、目の前ですっかり地をさらけ出しているのは、いまをときめく長坂備後守なのだと、泰郎は思う。

「で、どうなのだ。譲ってくれるのか、くれんのか」

「申し訳ございませんが、譲りたくとも譲ることがかないません」

腹を決めて、泰郎は言った。

「なんと」

「実は、あの備前長船祐定は借り物でございます。自分の本差を研ぎに出すあいだ、友より借り受けました」

「まことか」

「はい、友の名は、北島義人と申します。一昨日もお邪魔しておりましたが、ご記憶でしょうか」

「いや、五十人からいる者を、いちいち覚えておられん」

「これより下がって、それがしからも伝えておきますゆえ、あらためて北島にお申し付け願えればと存じます」

「友の刀な……」

「は」

「ま、それならそれでかまわん」

備後守がにやりと笑って言った。

「しかし、お主も欲がないな」

なんでかは分からぬが、自分が踏ん切れたのは、はっきりと分かった。

それで十分だった。

下谷に戻って、事の次第《しだい》を話すと、義人は、甘えるぞ、と言った。

けれど、里のほうは、算学一本に絞って夫婦になりたいと告げると、えーっ、と言った。

「わたしは、あなたのお嫁さんにしてもらおうなんてちっとも思わない、って言ったわよね」

里は水屋《みずや》で沙魚《はぜ》を下《お》ろしている。

「ああ、言った」

「あなたとは赤ちゃんができるまでのおつきあい、とも言ったわよね。できたら、あなたとはさっさと別れるって」

皮一枚だけ残して頭を断ち、腹に包丁を入れて頭を捻《ひね》ると、すっと腸《わた》が抜ける。

「それも言った」

「覚えてるのね」

「ああ」

「覚えてるなら、いいの」

捌いた淡い朱鷺《とき》色の身を盛って、言った。

それからは、なんの返事もない。そのことに触れようともしない。とりあえず、まだ子供はできていないようだ。

しかし、義母になるかもしれぬとはいえ、もう、あの世の四万には負けない。里にちゃんと、恋をさせてみせる。

妾暮らしなんぞよりも、本妻暮らしのほうがずっといいことを、しっかりと分からせてやるつもりだ。


（文春文庫『つまをめとらば』に収録）

平蜘蛛《ひらぐも》の釜

山本兼一

山本兼一（やまもと・けんいち）
1956年京都市生まれ。同志社大学文学部を卒業後、出版社勤務を経てフリーのライターとなる。99年「弾正の鷹」で小説NON短編時代小説賞佳作。2004年『火天の城』で第11回松本清張賞、09年『利休にたずねよ』で第140回直木賞を受賞。12年京都府文化賞功労賞受賞。14年没。他に『いっしん虎徹』『銀の島』『心中しぐれ吉原』『夢をまことに』などがある。

一

お客の姿がとぎれると、ゆずは店先にならべてある道具の数々を眺めた。

とびきり屋という屋号ほどの名物や名品はないけれど、どの道具もゆずにはいとおしい思いがある。

赤い樂茶碗《らくぢゃわん》を、両の掌《てのひら》で包んだ。

やわらかな丸みが、たなごころにしっくりなじむ。春の野辺に毛氈《もうせん》を敷いて、野《の》点《だて》を楽しみたくなってくる。

「ええ茶碗やこと」

つぶやいたら、背中に声がかかった。

「お女房《かみ》さんみたいに、道具の目利きになるには、どないしたらええんでしょう」

手代の鍾馗《しょうき》が、ゆずの手元を見ている。

真之介がつけた名前がぴったりの、いかつい顔の若者だ。はじめは近寄りがたかったが、働きぶりを見ていると、気持ちの優しさが見えてきた。

「目利きになるには、なんというてもええ御道具《おどうぐ》をぎょうさん見て触って、色合いやら、肌の感じやら目に焼き付けて憶えることやね。ええもんは、やっぱり全然違う。それしか目利きになる道はあらへんし」

「ほな、店の品物、毎日、一生懸命見てたら、目利きになれますね」

「この店のもんは……」

ゆずは、首をふりかけてやめた。

真之介が汗をながして仕入れてくる道具である。悪くはいいたくない。

「ええ道具がそろてるけどね、道具の世界は、上には上があるのよ。ほんまの目利きになるには、もっとええ御道具にも触らんとな」

ゆずは、幼いころから名物、名器の数々に囲まれて育った。父の善右衛門は、自分で茶を点て、茶碗や釜、水指《みずさし》、茶入《ちゃいれ》、棗《なつめ》、茶杓《ちゃしゃく》などの美しさや、銘の由来を教えてくれた。しぜんと、ゆずの目は肥えた。

この店の手代たちは、まだ道具のことをほとんど知らない。

「ええ道具ですか……。そやけど、いま手に持ったはるのは、天下の名物でしょ。長次郎の赤樂茶碗やて、旦那さん、自慢そうにおっしゃってました」

長次郎といえば、そのむかし千利休に頼まれて茶碗を焼いた陶工である。町の道具屋の店先でおいそれとお目にかかれる茶碗ではない。

「そらまあ、いちおう長次郎やけどね……」

「いちおう……なんですか？　箱にもそう書いてあるやないですか」

桐箱の蓋には、たしかに「赤樂茶碗長次郎作」と墨でしたためてある。ご丁寧に銘は「一文字」。まさしく天下に名高い名宝ではないか。

「これはまあ、そうやったらええな、という夢みたいなもんやし」

「夢……。夢ですか？　本物やないんですか？」

まっすぐな目が、すこし痛い。

「本物の長次郎やったら、この茶碗ひとつで何百両でも、何千両でも出すお客さまが大勢いてはる。うちでは、たった一両やもん。そのお値段で考えてもらわんとなぁ」

「はぁ……。わたしら、茶碗ひとつ一両でも、目玉が飛び出すほど高いと思いますけどね。そこらの瀬戸物屋に行ったら、ひとつ六文の茶碗がごろごろしてます」

「そら、これかて、悪いお茶碗やないし。これでお茶、点てたらおいしいえ」

茶碗そのものに咎《とが》はない。これを焼いた陶工は、お茶をいただく人の気持ちを考えて、しっくり手になじむように粘土をひねった。

ただ、誰かが、ちょっと高く売ろうと欲をかいて、箱に売りやすい名前を書いたのだ。書いたのは陶工本人かもしれないが、それにしたところで、茶碗そのものが悪いわけではない。

長次郎の茶碗のすばらしさを、ゆずはよく知っている。

実家のからふね屋では、本物の樂家初代長次郎から、代々の樂茶碗をいくつもあつかっていた。馥郁《ふくいく》としたやわらかみ、手にしたときのはっとするほどの軽さは、さすがに絶品であった。

「本物は、そないにすごいんですか」

「そらねぇ、これと比べたら本物の長次郎の茶碗は、風格がまるで違う……。ことばでは言い尽くせん味わいの深さがあるんよ。なんていうのか、そこにあるだけで、空気がやわらぐような」

「いっぺん見てみたいもんです」

「茶碗にかぎらず、名物といわれるもんには、やっぱりそれだけの味があるんよ。与次郎の茶釜なんか、そらもう得《え》も言われぬふくよかさがあるしねぇ」

辻与次郎もまた、利休好みの釜をつくり、豊臣秀吉から「天下一」の称号を与えられた名人釜師だ。

「あれ、与次郎の釜ですよね」

店の黒檀の棚には、確かに「与次郎作」の茶釜がかざってあるが、どこか線のゆるいところがあって、ゆずは感心していなかった。

「あれかて、ええ釜よ。でもね、なんというて説明したらええんやろ。本物はちがうのよ。品格っていうか、風韻《ふういん》っていうのか。いくつも本物を見てたら分かるんやけどね」

鍾馗が首をひねっている。

道具のことはいくら口で説明してもわからない。本物を手にとって見つめ、夢に見るほど心に染みこませて憶えるしかない。

「まあ、いっぺんには無理やし。ぼちぼちええ道具を見て憶えていきよし」

「はぁ……」

鍾馗がなにか言いかけたとき、客がきた。

「ごめんッ」

店先に、坊《ぼん》さんが立っていた。

いや、よく見ると頭を丸めた侍だ。羽織を着て腰に二本差している。

目のつり上がった長い顔に見覚えがあった。長州藩の高杉晋作ではないか。

「高杉様。その頭《おつむり》、どないしはったんどすか」

高杉の頭が青々と丸い。

もともと勤王風に月代《さかやき》をごく狭くしか剃《そ》っていなかったから、坊主にするといかにも目立った。長い顔がやたらと長く見える。武士が髷《まげ》をすっぱり落として頭を丸めるとは、よほど思い詰めることでもあったのだろうか。

「おもしろくもねぇ。藩庁の馬鹿野郎どもが埒《らち》もないことばかり曰《のたま》ってくださるけぇ、十年の暇をもらったんじゃ」

「へぇ。そらまた、ずいぶん思い切ったことしはりましたなぁ」

口もとをほころばせ、高杉が頭を撫でた。

「女将にいわれると力が抜ける。京の言葉は魔性じゃな。なにをやっても力がはいらぬ。御所でもそうじゃ。公家と話をしちょると、こちらの気がくじける。本気なのかどうか、まるで心がわからぬ」

藩から御所の学習院御用掛《ごようがかり》を命じられた晋作だったが、そこに詰めている公家や勤王家たちのくだらなさに辟易してすぐに辞めてしまったのだといった。

——倒幕

が、高杉の頭にある。

——京にいる徳川将軍家茂を暗殺すべし。

あちこちでそう説いてまわったが、さすがに賛同者がすくない。

藩の重役周布政之助《すふまさのすけ》を縷々《るる》説得したが、過激な晋作の意見は、まるで取り上げられない。

——十年もしたら、そういう時代になるかもしれぬ。

晋作は、周布の言葉そのままに十年の賜暇《しか》を願い出て、許された。もはや髷に用はないとばかり頭を丸めたのである。

「それぇなことより、今日は、大名物を掘り出してきた。高うに買うちょくれ」

高杉のうしろでひかえていた中間《ちゅうげん》が、背中の大きな風呂敷包みを下ろした。

「へぇ、なんどすやろ」

「天下名物第一等の平蜘蛛《ひらぐも》の釜じゃ」

「はぁ……」

ゆずは首をかしげた。不思議な男が不思議な名物を持ってきたものだ。

風呂敷包みから、茶色くくすんだ杉板の箱が出てきた。

横蓋に「茶釜大名物平蜘蛛」と書いてある。ついさっき書いたばかりらしく、まだ墨が香っている。

「まあ、ご立派な箱書きでございますこと」

「さようか」

含み笑いした高杉が蓋を引き抜いて、箱をかたむけると、錆びて汚らしい鉄屑がごっそり転がり出た。鍋か飯釜の破片らしい。

「これ、なんどすの？」

「道具屋のくせに、平蜘蛛の釜を知らんのか」

平べったい胴のまわりに羽の張り出した羽釜《はがま》は、はいつくばった蜘蛛に似ているため、そういう名で呼ばれている。

「高杉はんのおっしゃったはるのは、松永弾正の釜のことどすか？」

ただ平蜘蛛の釜といえば同じかたちはいくつもあるが、天下名物といえば、茶の数寄者《すきしゃ》ならばまず弾正のその釜を思い出す。

「それよ。反逆の男の釜じゃ」

「なんですか、平蜘蛛の釜って……」

手代の鍾馗が怪訝《けげん》な顔で、鉄屑をつまんだ。

「不勉強な道具屋じゃ。おまえ、松永弾正を知らんのか」

「松永大膳とちがうんですか？」

「大膳は、歌舞伎の役の名やし、ぜんぜん違う話にしたててあるわ。ほんまは松永弾正というお人なんえ」

「女将、ちゃんと教えてやるがよい」

「へぇ。松永弾正久秀というたら、元亀天正の昔、織田信長に謀叛《むほん》した武将はんや。信長はんに城を囲まれたとき、『平蜘蛛の釜を差し出せば、命は助けてやる』といわれはったんやけど、『渡すくらいなら死んだほうがまし』と、じぶんで爆薬に火をつけて釜もろとも木っ端微塵に吹き飛んでしまわはったお人なんえ」

「世にも稀なその釜の破片を拾い集めたのがこれじゃ。珍品ゆえ、ずいぶん高い値がつけられるじゃろう」

「はぁ……、こないだ、弁慶の千本目の刀ていうのを売りに来たお侍はんがいてはりましたけど、松永弾正の平蜘蛛の釜は初めて見ました……」

ゆずは、溜息をつくしかない。

「あっぱれ、意地を通した弾正の釜だ。大いに気骨を見習いたい。大負けに負けて五百両にしてつかわす。買っておくがよい」

「ご、五百両……。そんなにお値打ちもんですか」

鍾馗の声が裏返った。

「高杉はん、冗談《てんご》いうて、からこうたはるだけやし。そないなところで驚いたら、あんた道具屋失格やわ」

「はは。いかんか、やっぱり」

高杉が気楽に笑っている。べつに大儲けをたくらんだわけではなさそうだ。

「へぇ、いくらなんでも平蜘蛛の釜の破片では、値のつけようがあらしまへん」

ゆずは首をふった。

「なんや、冗談なんですか」

「あたりまえやないの。恥ずかしいさかい本気にせんときよし」

「いや、じつはな……」

まじめな顔になった高杉晋作が、あたりをはばかった。ゆずが目配せして鍾馗を遠ざけると、晋作が顔を寄せて声をひそめた。

「これは、大切なものなんじゃ。坂本君にわたしてほしい」

とびきり屋に居候している坂本龍馬は、いま江戸に下っている。すぐにまた戻ると言い置いて気ぜわしく出立したばかりだ。

「このくず鉄を……、どすか？」

「いや、箱のほうだ。隠し物がしてある。坂本君に必要なものだ」

ならば合点のいく話である。

「わしは、京を離れる。しばらく戻らぬであろう」

「そうどすか。かしこまりました。なにか御伝言でもおしたらお伝えいたしますけど」

「さよう……」

高杉が店の外に目を投げた。春の終わりの青空をちぎれ雲が流れている。

矢立の筆を走らせた。


西へ行く人を慕うて東行く我が心をば神や知るらむ

末尾に「東行」と、号めいた名が書き込んである。

「西行をもじって、東行《とうぎょう》というのが、この坊主頭の名前じゃ。よしなに伝えてくれ」

「高杉はんも、やっぱり江戸へ行かはるんどすか」

「いや、この身は西の萩へ帰る。東へ行くのは幕府を倒すわしの 志《こころざし》 だ」

ゆずは、息をのんで頷《うなず》いた。

「お気をつけて……」

それだけ言うのが、せいいっぱいだった。

二

預かった平蜘蛛の釜の箱を、奥座敷の床の間にたいせつに置いて店にもどると、ちょうど真之介が帰ってきた。

荷車にいっぱい荷を積んで、手代たちが押している。

「まるで桃太郎さんどすな」

「ははは。そしたら、おまえら、犬、猿、キジやな」

手代の牛若と鶴亀、俊寛を指さして真之介が笑った。

「お女房《かみ》さん、そらちょっとあんまりやないですか」

牛若が苦笑いしながら汗を拭いている。今日は春の陽射しが強い。

「いいえ、あんたらのことと違います。うちの旦那さん、なんやにこにこ嬉しそうに宝の山を積み上げて、鬼ヶ島から帰ってきはったみたいに見えたんどす」

「おお。おまえ、ええこと言うやないか。さすがわしの嫁や。そのとおり、今日は宝の山を持ち帰ったで」

このごろ、真之介は、ゆずのことを、ゆず様とも、とうさんとも呼ばなくなった。おまえ、と呼ばれるのが、ゆずにはくすぐったくて嬉しい。

「そうどすか。それはなによりどした」

番頭の伊兵衛が荷車の縄を解いて、かけてあった菰《こも》をはずした。大きな長持のほかにも、櫃《ひつ》や箱がたくさん積んである。

「楽しみやわぁ、なにがあったんどす」

西陣の大旦那が亡くなって、秘蔵の茶道具一式を売りたいという話だった。真之介は、手代、丁稚を引き連れて買い付けに行ったのである。

「それはもう名品の数々や。なぁおい」

「へい。利休の茶杓に呂宋《ルソン》の茶壺、牧谿《もっけい》の軸もあります。そら、眼福で目がつぶれるかと思いました」

「すごいやないですのん。うちも見せてもらいたいわぁ」

「それだけやないぞ。名物の茶入紹鷗茄子《じょうおうなす》、井戸茶碗大高麗《おおごうらい》、花入《はないれ》の園城寺《おんじょうじ》もあるぞ」

「まさか……」

金子《きんす》をどれだけ積み上げても手に入らない伝来の名宝である。ひょっとして、真之介はとてつもない宝の山を掘り当てたのか。

「あはは。箱にはそう書いてある」

「なんやのん。びっくりしますやんか」

ゆずは噴き出した。たしかに、そんなものがごろごろあるはずがない。しかし、絶対にないとも言えないのが、道具の世界のおもしろいところなのだ。

「そこの家の人、きっとあちこちの道具屋はんに声をかけはったんでしょうね」

「息子はん、困ったはったわ。お爺さんから、茶道具一式手放したら、国のひとつも買えるくらいのこと言われたはったんやて。それで、何軒も茶道具屋呼んだけど、みんな笑うてるだけで、値段なんかつけもせん。からふね屋の番頭は、箱の蓋も開けんと帰ったそうや」

ゆずの実家からふね屋は、格式を重んじる茶道具商だ。筋の悪い道具はあつかわない。箱と箱書きのよし悪しを見れば、道具の筋は一目でわかる。

そこで追い回しの小僧から修業して目を肥やしたのに、真之介はまるでこだわりがない。道具に貴賤はないとばかり、由緒や伝来を気にせず高い品から安い物までなんでもあつかう。そんな気さくさにも、ゆずは惹かれている。

「そないに家筋が悪いんどすか」

道具屋は、〝家筋〟にこだわる。

家筋のいい家ならば、つぎからつぎへと驚くほど名品が出てくる。

筋の悪い家では、目の利かぬ者が買い集めているので、あくどい道具屋の口車にのって怪しいものばかり摑まされている。ひとつ偽物が出てくれば、蔵のなかなど見なくとも、全部怪しいと考えて、まずまちがいない。

もっとも、筋のいい家には、先祖代々、出入りの茶道具商が決まっている。そんな家には、新参の真之介など、いくら頑張っても入り込む隙《すき》がない。

「かまえは立派な織り屋さんなんやで。織り子もぎょうさんいてる。まあ、それと目利きとは別の話や。金があったのが、かえって災いやったな」

悪い道具屋のカモになるのは、小金のある暇人である。ちょっと道具についての蘊蓄《うんちく》があり、自分の目利きに自信があったりするとなお引っかかりやすい。そこのご隠居さんはたちの悪い道具屋のよいお客だったのだろう。

「さあお宝の数々、奥に運ぶんや」

手代や丁稚たちが、足早に道具を運び入れた。

「そういうたら、店にも名宝が届きましたんえ」

「ふうん。なんや?」

「平蜘蛛の釜どす」

真之介が首をかしげた。

「どっかーんの釜か?」

平蜘蛛の釜の名宝といえば、やはり誰でも、まずは松永弾正を思い浮かべる。

「爆破した破片ですって。おもしろいこと考えはるわ、高杉はん」

「なんや、あの長州の高杉はんかいな」

「そうどす。坂本はんにお渡ししてくれって預かりました」

「それで大儲けでも考えたはるんやろか?」

「ただの鉄くずどす。欲の話とちごうて、なんでも箱の……」

ゆずの話の途中に大声がわりこんだ。手代の鍾馗がなにか叫んでいる。

「うわ、これも松永弾正や」

鍾馗が手にしているのは、細長い掛け軸の箱である。

「なんや、大声出して、びっくりするやないか」

「そやかて、この箱、松永弾正辞世って書いてあるやないですか。さっきは弾正はんの平蜘蛛の釜の破片、こんどは辞世の掛け軸。今日は弾正はんの命日やろか。なんや、寒《さぶ》いぼが立ってきました」

「道具が呼びおうたんやな。長いこと道具屋やってると、そんなことがたまにあるもんや」

古い道具は、不思議に呼び合うことがある。

離ればなれになっていた対《つい》の置物や、揃《そろ》いの皿などを偶然見つけたときは、たしかに鳥肌が立つほど玄妙な気分になる。

「その軸は見てなかったな、どれ」

真之介が、箱から軸を取り出して広げた。

墨でさっと描いた禅画風の平蜘蛛の釜の絵に、讃として歌を添えた軸だ。松永弾正の名が仰々しくしたためてある。

「へんな辞世やな」

「なんと読むんですか」

「渡すまじ平蜘蛛の釜武士の意地天下取るとも名物はなし、……やな」

「へぇ、弾正はん、自爆する前に、これを書き残さはったんですか。さすがに腹のすわった武将ですな」

鍾馗が感心している。

「あほ、だれが死ぬ前に、絵のついた辞世を残す」

「ほな、これ……」

「どこぞの戯作者がいたずらに描いたんやろ。釜の破片があるなら、それと一緒にしといたら、洒落で売れるかもしれんな」

「あの釜の破片は……」

ゆずが口をはさもうとすると、後ろでまた大きな声が上がった。

「おお、名品の山や。これは聖徳太子所持の曜変天目《ようへんてんもく》茶碗やて。すごいですな」

長持の蓋を開けた番頭の伊兵衛がうなっている。なかには、茶道具の箱がぎっしり詰まっているのが見えた。

「ははは。ええやろ。天下の珍品や」

「ほんまですか？」

驚いている手代の鍾馗に、真之介が首を横にふった。

「おまえ、正直でええ男やけど、これから道具屋つづけたいんなら、もうちょっと、物事、斜めに見るのも大切やで」

真之介のことばに、鍾馗はわかったようなわからないような顔で頷いた。

――あとでゆっくり話したらええわ。

そう思って、ゆずは、店の者といっしょに、お宝の山を奥に運び込んだ。

三

細い高瀬川にかかる橋を、鴨川にかかる大橋に対して、三条小橋という。

三条小橋界隈の町役をつとめる旅籠《はたご》池田屋惣兵衛のところから使いの丁稚が走ってきた。

「ちょっと町内のことでご相談がありますよって、こちらのご主人様に、ご足労願えないものかと、うちの主人が申しておりますのですが」

池田屋は、とびきり屋からいうと、三条小橋をはさんだ西の北側にある。ほんの目と鼻の先だ。

店先でそれを聞いたゆずは、奥にいる真之介に、丁稚の用向きをそのまま伝えた。

真之介は、たくさんある茶道具の箱をひとつずつ改めて、値をつけているところで、とても手が離せそうにない。

「とりあえず、わたしが行ってご用件だけでもうかがってきましょうか」

「ああ、そうしてくれたら助かる」

行ってみると、池田屋惣兵衛が表の帳場にすわっていた。繁盛している旅籠の主人らしく、恰幅がよくて人あしらいにそつがなさそうだ。

ゆずは、家出同然に実家を飛び出し、とびきり屋に嫁に来た翌日、この家に挨拶に来た。

ちょうど、徳川将軍家から京の町民への御下賜銀五千貫、金にして六万三千両の分配のために、戸別の人別帳をつくっていたところだったので、すぐに嫁として書き込んでくれた。ただ、まだ実家の籍が抜けていなかったので、それはあとできちんとする約束だった。

真之介が取り込み中で来られないこと、まだ実家の帳面から抜けていないことを詫びると、惣兵衛が首をふった。

「いえ、そのことと違いますのや。公方様の御上洛で、ご承知のように京の町は人であふれかえっております。賀茂の行幸《みゆき》で一段落かと思えば、こんどは石清水八幡宮に行かはるとか。あっちこっちからどんどんお侍が押し寄せて来はりまして、ここらの旅籠は軒並み満杯。それでも町役人からは、もっと宿を用意しろとせっついてくる。お宅は御道具商売ながらも、もとは旅籠だった造り。何人かお客さまを引き受けていただきたいというご相談です」

この春の京都は、政情の激変にあわせて、侍の出入りがことのほか慌ただしい。将軍家の侍たちの宿でさえ、二条城や寺院などでは到底足りず、各町内に宿割りがあった。宿割りは、町奉行所から町役人を通じて各町内の町役に伝えられる。宿を引き受けた家には、費用がはらわれるが、布団やら食器を損料で借りて、三食の世話をするのは、大きな負担であった。商売を休み、老人、子どもをよそに預けたりと大騒ぎになる。

「どないなもんですやろ。何部屋かでも用意してもらえば助かります」

口調はおだやかだが、有無をいわさぬ押しの強さがあった。

「うちには、もう軍艦奉行並《ぶぎょうなみ》の勝海舟というお方がお宿をなさっておいでどすけど……」

勝はほとんど出づっぱりで、大坂に行ったまま帰って来なかったりもするが、それでも供侍のぶんと合わせて二階の部屋が空けてある。坂本龍馬が江戸から帰ってきたときのためにも部屋を用意しておかなければならない。

池田屋惣兵衛の眉がうごいた。

「お宅は、その勝様となにか特別なご縁がおありですか」

「そうぃうわけやおへんのやけど、土佐屋敷の方が連れて来られまして」

「土佐の者が軍艦奉行並を、というのは合点のゆかぬ話ですな」

惣兵衛が、じっとゆずを見すえている。心の底まで見透かすような視線だ。宿屋の主人は、人の善し悪しを見抜く目利きなのかもしれない。

ゆずは手短に勝がやって来たいきさつを話し、不逞浪士に踏みこまれたことをつけ加えた。

「そうですか。それはたいへんどしたな。ちかごろはまったく物騒で、さぞや驚かはったでしょう」

「へぇ、そらもう」

「そしたら、それ以上のお宿は無理ですな」

「お役に立ちませんで……」

「わかりました。そういう事情なら、しょうがないことです。それはそうと、お宅のご主人は、よう働かはりますな」

池田屋惣兵衛が四方山話をもちだした。惣兵衛は気さくな男で、ゆずが町内のことをたずねると、寄合のことや五人組のことなど、飾らずにあれこれ教えてくれた。

しばらく話し込んでからおもてに出ると、もう陽がすこし西に傾いている。

池田屋のとなりの旅籠中屋《なかや》の大女将が、軒下につくりつけてあるばったり床几《しょうぎ》を下ろしてすわっていた。店の前で夕方の水撒《ま》きをする若い女子衆《おなごし》を、それとなく監視しているらしい。会釈をして通りすぎようとしたら、声をかけられた。

「あんた、あこの新しい道具屋さんの人やな」

「へぇ……」

「嫁に来はったんか？」

ゆずは真之介といっしょに町内の家をまわり、紅白の婚礼まんじゅうを配った。そのとき大女将にも挨拶したが、忘れたのだろうか。

「はい。嫁でございます。よろしゅうお願いいたします」

無理に笑顔をつくった。

「嫁入りの御道具、まだ見せてもろうてへんかったなぁ。うちだけ呼んでもろてへんのやろか」

京では、嫁入り道具をご近所に披露する習慣がある。箪笥《たんす》のなかを開けて見る客がいるので、着物ばかりでなく下着まで恥ずかしくないものをぎっしり詰めておかなければならない。

実家を出奔したゆずに、嫁入り道具はなかった。

「世の中がこないに大変なときですさかい、ご遠慮さしていただいてるんどす」

そんな言い訳がそらぞらしくないほど大騒ぎの京の町である。

「ふうん」

大女将は納得していない顔だ。

「あんた、実家は新門前のからふね屋はんやてなぁ。お公家やら大名屋敷に出入りしたはる老舗やないの」

「はい。そうどす」

もうそんな噂が町内に広がっているのだ。大女将はすべてを知っていながらゆずの取り調べを楽しんでいるようである。そう思えば、白髪に挿した鼈甲《べっこう》の櫛まで憎らしい。

「親御さん、嫁入りのこと許さはったんか？　そういうことときちんとしたはらへんかったら、同じご町内というても、ご挨拶もできしませんえ」

「そらもう、父も母も大喜びで送り出してくれました」

まるっきりの嘘だが、いずれはそうして見せるとの誓いでもある。ゆずは、満面の笑みをうかべた。

「あんた、ほんまは、お茶の若宗匠はんにお輿入《こしい》れのはずやったんやてなぁ。それを袖《そで》にして、がらくた……、あっ、堪忍え、ええ御道具ばっかり並べたはる道具屋はんにお嫁入りやなんて、えらいもったいないんとちがうのんか。まぁ、よそ様のお家のことに、よけいなお世話やけど」

ゆずは背筋が寒くなった。同じ京の人間ながらも、京の人はほんとに底意地が悪いと厭《いと》わしかった。

「へぇ。ご心配いただきまして、ありがとうございます。内輪で誉めるのもなんどすけど、うちの人は、あれで日本一の道具屋になる人どす。そう信じて一緒におりますんで、なんのご懸念にもおよびまへん」

胸元をつまみ、着物の襟《えり》をすこし抜いた。弱みは見せたくなかった。

「お宅の女子衆さん、よう気張らはりますなぁ」

二人の女子衆は、桶と柄杓《ひしやく》を手にしゃべってばかりいて、ちっとも水撒きをしていない。

大女将がくちびるを噛んで、女子衆を叱った。

「はばかりさんどした」

にっこり笑顔で会釈して、ゆずは店にもどった。

とびきり屋の店先には、もうさっき仕入れた茶道具がならび、にぎやかに飾りつけてある。

奥の座敷では、真之介が寝ころんで、軽い寝息を立てていた。

毎日、朝早くから夜遅くまで、あちこち歩き回って道具を仕入れているので、疲れているのだ。押入から掻巻《かいまき》を出してかけてやろうとしたら、いきなり手首をつかまれた。

「起きたはったんどすか」

「寝転がってたら、なんや、おまえのこと、いとおしいてたまらんようになってな、帰ってくるの待ってたんや」

春の陽は西に傾いているが、まだ沈むには間がありそうだ。

抱きしめられて、耳たぶを噛まれた。ゆずのうなじに唇がはった。

「……あっ」

思わず、真之介を払いのけて立ち上がった。

床の間に駆け寄った。

「ここにあった平蜘蛛の釜、どないかしはりましたか」

だいじに置いておいた釜の箱がない。

「ああ、あれ、売ったで。えらいもんやろ、あんな鉄くずでも一分《いちぶ》で売った。おれは日本一の道具屋やな」

真之介が気楽そうに笑っている。

「なんで売らはったんどすか。高杉はんからの預かりもんやて言いましたでしょ」

「ああ、坂本はんへの預かりもんやと聞いてたな。一分で売れたさかい、坂本はん喜ばはるやろ」

「ちがうんどす。ああ、困った。あれは、箱にしかけがあって、なかに大切なもんが隠してあるんどす。そう言うたや……」

真之介が首をかしげている。

ゆずは愕然とした。

言わなかったのだ――。途中まで話したときに、みんなが道具のことで賑やかに騒いで、話の腰を折られてしまったではないか。

「どないしょ……」

「なんや、そんな大切なもんやったら、買い戻してこんとあかんな」

「買うた人、わかるんどすか？」

「ああ、前にも来た壬生《みぶ》の浪人や。えらい骨張ったのと、すかしたのとおったけど、すかした奴のほうや」

「よかった。けど、そのお方、なんであんなもん買わはったんどす？」

真之介の話はこうだった。


店に茶道具をならべているところに、浪人たちが、五、六人やって来た。眉の太い男は、あまりの奇相だったので、前に来たとき見立て帖に人相を描き込んだ覚えがある。たしか近藤先生とよばれていた。

「へぇ、おいでやす。またおいでくださいましたか」

近藤は、あいかわらず頰骨が張り出していて、眉が太い。

「あの折り、虎徹《こてつ》を用意するというておったな。見つかったか」

「へぇ、じつは、このあいだ競り市でよい虎徹を見たんですけど、とても高うて手が出ませんでした」

「まことか」

侍の顔色が変わった。よほど虎徹に執着があるらしい。

「へぇ、ええ虎徹でしたけどなぁ。残念なことしました」

「いくらであった？」

「拵えのええのがついておりましたので、二百両」

競り市での値段はもっと安かったが、利をのせて小売りすれば、その値段になる。

近藤が口をゆがめて黙り込んだ。この男に二百両の金はなかろう。

「こういうのは、道具屋にとりましてもご縁のものです。またあちこちに声をかけて探しておりますので、じきによいのが見つかると存じます」

「おぬし、ほんとに探しておるのか？」

すかした侍が、どきりとすることを聞いた。じつは、道具の競り市で虎徹を見たのは、ずっと前の話だ。愛想のつもりで話したにすぎない。

「もちろんですとも」

「ふん。京者は調子が良すぎて油断ならぬ。近藤先生も、口車に乗せられぬほうがよろしかろう」

「トシは、疑り深いからなぁ」

近藤は虎徹に未練がありそうだ。

真之介は、トシと呼ばれた男の顔を見つめた。

なによりの特徴は額だ。広くて四角く平べったい。頭脳明晰にして冷静沈着。いささか冷酷か。それでいて案外、世の中への適応力は高い男だ。坂本龍馬も額に特徴のある男だったが、あちらは丸くて開放的。トシという男は、角張って理知的。まるで対照的だ。

やや面長の顔の骨格は、油断ならぬ策士の相と観た。

同じ面長でも、高杉晋作のように長すぎる顔は、神経質でとっつきが悪いが、この男くらいならば、人当たりは悪くなかろう。全体の印象がちょっと冷ややかだが、目、鼻、口の塩梅《あんばい》がよい。粋筋の女に好かれる顔である。

浪人たちは、なにかを探しているふうでもなく、店の道具をながめている。たぶん時間があって金がないのだ。

「土方先生、あの掛け軸、松永弾正の辞世ですって。さすが京には珍しいものがありますね。絵まで描いてありますよ」

剣の強そうな若侍が、飾ったばかりの軸に目をとめた。

「総司、関東者は粗忽だと笑われるぞ。あんな辞世があるわけなかろう」

「そうですか。そういえば、絵の描いてある辞世なんて見たことがありませんね」

眼を細めた土方が、店の道具を眺めまわしている。

「道具屋、おまえの店は、怪しげなまがい物ばかりだな」

突き刺すような土方の視線が、真之介に向けられた。

「まがい物とは心外でございます。本物ならば、かしこくも九重の奥や将軍家の御家宝となるべき品。ここに並べてあるもんには、それなりのお値段しかいただいておりません。お手頃なお値段で手に持って楽しめる夢でございます」

「やはりまがい物ではないか。おまえ、相当あくどい商売をしておるのう。いまに天誅が下るぞ」

指を顔の前に突きつけて土方が威嚇した。

真之介は、腹が立った。そこまで悪《あ》し様《ざま》に罵られるいわれはない。

「お侍さん。わたしら、本物と偽ってるわけやない。怪しいものはもとより怪しいと申し上げて売らせていただいております。贋物というてしまえば身も蓋もない。ひょっとして……と思う心の遊びが、道具を楽しむ余裕です。それを分かっていただけへん方に、うちの道具はむきません」

土方の眼がけわしくなった。

「贋物商売を認めぬのか？」

「みんな、それなりのお品です」

「武士にさからうか？」

「商いのことです。お武家も町人も関係ありません」

まっすぐ睨み返すと、土方も睨みつけてくる。

睨み返したのが気にいらなかったらしい。土方が、刀の柄に手をかけた。気の短い男だ。

「おまえ、刀が怖くないのか」

「あほらしい。どういうわけか、生まれつき度胸だけはすわってますねん。無礼討ちになさるのなら、どうぞご随意に。その代わり、千年も万年も怨んで怨んで、末代まで取り憑かせていただきますんで、そのお覚悟でお斬りくださいませ」

真之介は、さらに意地をこめて睨み返した。

素早い動作で土方が脇差を抜きつけ、真之介の眼のわずか一寸ばかり前を水平に薙《な》いだ。

鋭い刃風が、真之介の眉をゆらした。

一歩も動かず、真之介は瞬《まばた》きひとつしなかった。

土方が、刀を鞘におさめた。

「なるほど。性根は本物のようだな」

土方の眼が笑っている。真之介の度胸を認めてくれたらしい。

「お褒めの言葉と思うておきます」

「さきほど夢というたな」

「へい。申し上げました」

「では、この店でいちばん夢のある品物はどれだ？」

「さいでございますなぁ……」

すぐに、思い浮かんだ。鍾馗にたずねた。

「おい、平蜘蛛の釜の破片はどこや」

「奥にしまわはったと思いますけど」

「持って来い」

鍾馗が奥に駆け込み、杉の箱を抱えてもどった。

横蓋を引き抜いて箱を傾けると、くず鉄のかけらが転がり出た。

「なんだ、それは？」

金壺眼《かなつぼまなこ》の近藤が顔を近寄せた。

「意地を張らせたら天下一の武将松永弾正の平蜘蛛の釜の破片でございます」

土方がひとつつまんで眺めている。

　しばらく見つめ、声を立てて笑い出した。

「京は魑魅魍魎《ちみもうりょう》の跋扈《ばっこ》する都と思うておったが、まさか平蜘蛛の釜の破片にお目にかかれるとはな。愉快だぞ、道具屋」

「ありがとうございます」

「だけど、こんなの役に立ちませんよ。ただの鉄くずじゃないですか」

　若い侍が眉をひそめている。

「鍛冶屋で、鉢金《はちがね》にでも仕立てさせれば、弾正の魂が乗り移り、死んでもなお意地が張り通せましょう」

　真之介は思いつきを口にした。鉄片を手にした土方は、べつのことを考えているようだった。

「おもしろい。もらっておこう」

「へっ？」

「買うというておるのだ」

　一分銀を握らされてしまうと、真之介にはもう売らない理由がなにもなかった。

四

四人の手代を祇園界隈に走らせ、壬生浪《みぶろ》たちのいそうな茶屋や料理屋をさがさせた。

ようやく居場所がわかったのは、夜もずいぶん更けてからだ。

「四条の芝居茶屋に上がってました」

駆け戻った鍾馗が立ったまま肩で息をしている。

「ご苦労やったな」

帳場にいた真之介が立ち上がった。

「羽織と袴《はかま》を出せ」

「どないしはるんですか？」

「今から酒席へ乗り込んでも、酔っぱらい相手では埒《らち》が明かん。かというて、ここで待っていても苛《いら》つくだけや。どうせ連中は座敷で雑魚寝《じゃこね》やろ。朝まで表で待ってるのや」

「それやったら、うちも一緒に」

「あかんッ」

めずらしく鋭い声でさえぎった真之介に、ゆずは驚いた。立っている夫が、とても大きな男に見えた。

「はい」

素直に従って返事をした。そんな返事をしている自分が気持ちよかった。

「よろしくお願いいたします」

奥で袴の着付けを手伝い、後ろから羽織を着せかけた。夫の背中が頼もしくて、もたれ掛かりたかった。

店にもどった真之介は鍾馗に金をわたして、草履《ぞうり》をはいた。

「おれはこれからすぐにその芝居茶屋に行く。おまえは、酒屋をたたき起こして、角樽《つのだる》買うてから来い」

「あんた」

と、ゆずは初めて夫のことを呼んだ。いままでせいぜい〝真さん〟としか呼んだことがなかった。

「なんや」

ふり返った真之介は、日本一の男前だ。

「おおきに……」

「なにを言うてる。預かり物をうっかり売ったのは、おれやないか」

「いいえ。そのこととちがいます」

「そしたら、なんや」

「…………」

ゆずは、言いよどんだ。手代や丁稚がまわりで聞いているので恥ずかしい。

「万が一、どこぞに行かれたらやっかいや。行ってくるで」

真之介が、背を向けた。

「あの……、おおきに。うちを嫁にしてくれはって、おおきに」

「なんや、改まって。照れるやないか」

「照れてください。いっぱい、照れてください」

「あほ」

店のくぐり戸を出ていく真之介の後ろ姿が、ゆずの胸を強く締めつけた。


「ここです」

角樽を抱えた鍾馗が、四条大橋の東で待っていた。懸命に先回りしたらしく、月の明かりにさえ汗が光って見えた。

四条通りをはさんで、北と南に立派な芝居小屋が建っている。

芝居茶屋は、その並びだ。

――さて。

どうやって待つか。そのあたりの軒下に腰など下ろしていては、みっともない。

「よしッ」

両手で思い切り頬を張り、真之介は自分に気合いをかけた。

「おまえは、もう帰っとれ」

「どないしはるんですか」

「ここで待つのや」

芝居茶屋の玄関先に角樽を置いた。それを前にして、真之介は糊のきいた袴をさばいて正座し、両手をついて頭をさげた。そのままの姿勢で朝まで待つつもりだった。

「そんな……」

手代の鍾馗がとまどっている。

「かまわん。帰っとれ」

頭を下げたまま叱りつけた。

「帰れますかいな。ここで帰ったら、男やない」

つぶやいた鍾馗が真之介のわきにすわる気配があった。同じように平伏して待つつもりだろう。

平伏した姿勢のまま、身じろぎもしなかった。春の夜風の爽やかなのが幸いだ。

頭にうかんでくるのはやはり道具のことである。これまでいったい何千、何万の道具をあつかってきたことか。

からふね屋で丁稚から手代、番頭へと出世するうちに、いくつもの名品、至宝に接する機会があった。世に名物とされる茶道具には、やはりそれだけの風格がそなわっていた。

しかし、思い出すのは、なにもすばらしい名品ばかりではない。

手にした道具の一つひとつが、真之介にとってはどれもはっきり記憶に残っている。

からふね屋であつかうのは値の張る品物だけだったが、道具の競り市に行けば、雑多な品物がならんでいた。

素人の家から運び出したばかりの初荷《うぶに》には、じつにさまざまな物が混じっていた。立派な箪笥や仏壇にはじまって、螺鈿《らでん》の棚や、蒔絵《まきえ》の箱、甲冑《かっちゅう》具足、槍に太刀、屏風に掛け軸、伊万里の大皿に明や清の壺、どこから持って来たのかと首をかしげたくなる古い仏像や扁額、ちいさなものでは細工のいきとどいた印籠、根付、香合、刀の鍔《つば》、目抜き。それらの一つひとつが懐かしく思い出される。

大見得を切って店を辞め、貯めてあった金を握って、初めて買い付けた道具は忘れもしない。

茶釜であった。

箱も銘もなかったが、天下の名匠与次郎ばりの悠然とした出来だった。

見つけたのはくず屋の軒先だ。紙くずや鉄くずといっしょにごろりと転がっていた。

「おっちゃん、おれ、鍛冶屋なんや。この釜、溶かして釘作るさかい売ってくれへんか」

安く買おうと嘘をいったが、くず屋の親父はこちらを見もせず首をふった。

「二十両や。びた一文、負からんで」

くず屋は釜の値打ちを知っていた。さんざん交渉したが、言葉どおり一文も負からず、結局二十両で買った。全財産二十一両と三分二朱のほとんどをはたいたのだったが、それだけの釜なら安くとも五十両、うまくすれば百両で売れると踏んでいた。

茶道具専門の競り市に持ち込み、その釜が競り台に載ったときは、心臓が破裂するほど興奮した。

「ほな、これ安うて五両から始めましょ。なかなかええ釜だっせ」

市主《いちぬし》が、釜を台の上でくるりと廻して発句をつけた。

六両、七両、と声は上がったが、いまひとつ元気にはね上がらない。並みいる老舗の旦那衆は声をあげなかった。

「なんや、声がありまへんのか」

「荷主の悪い道具なんか、だれも買わはるかいな」

つぶやいたのは、からふね屋の主人善右衛門だった。

市場に出入りしている道具屋たちは、真之介がからふね屋を飛び出したことを知っている。善右衛門に遠慮して声を出さなかったのだ。

結局、からふね屋が十両で競り落とした。市場は売り歩《ぶ》を取るから、真之介は十両以上の損だった。

あのときは死にたくなった。あとで善右衛門が、その釜に家元の箱書きをつけて二百両で売ったと聞いたときは、口惜しくてしばらく飯が食えなかった。悔しさを踏み台にして、さらに仕事に励んだ。

道具の一つひとつを思い出しているうちに、夜が白んだ。玄関が開いて、茶屋の下男が出てきた。

「なんや、あんた」

「こちらのお客さまに用事があります。ご迷惑でしょうが、しばらく待たせてください」

「あかん。迷惑や。どこぞへ去《い》んでくれ」

「去《い》ぬるわけにはいかんのです」

梃子でも動かぬ心意気が通じたのか、下男は、真之介のまわりをよけて掃き掃除をした。柄杓《ひしゃく》で水を撒き始めたが、真之介と鍾馗は動かなかった。下男は気味の悪いものでも見たように、奥に引っ込んだ。

朝の人通りが多くなっても、浪人たちは出て来なかった。通りかかった者たちが、遠巻きに避けているのがわかった。

侍たちが玄関からあらわれたのは、ようやく午《ひる》ちかくになってからだ。

「土方様。わたくしの粗相でございました。あの平蜘蛛の釜の破片は、お売りするわけにはいかん品物でした。幾重にもお詫びいたしますによって、どうぞ、買い戻させてくださいませ」

顔を上げず、侍たちの足もとを見つめて頼んだ。

「なんじゃあ、道具屋か。どうした。いまごろになって惜しゅうなったか。まさか、本物だったというのではあるまいな」

「いいえ、よそ様からの大切な預かり物。売ってよい品物ではございませんでした」

「妙じゃのう。あの鉄くずが預かり物……。なにか裏がありそうだ」

土方が首をひねった。

「トシよ。町人だ。あんまり虐《いじ》めてやるな」

近藤がとりなしてくれた。

「よかろう。しかし、あのかけらを、さる御仁に見せたところ、本物の弾正の釜にまちがいないとの鑑定だ。一万両と言いたいところだが、大負けに負けて千両にしてやる。千両持って来れば手放してもよい」

「ご無体な。あれは、ただの鉄くず……」

「黙れ。きさま、夢だと申したであろう。その夢がまことになったのだ。あれはまさしく平蜘蛛の釜……」

土方の足もとがふらついている。まだ生酔いだ。

「道具屋。あの釜はな、茶道の家元に売った。もはや、われらの手元にはない」

釜のことなどまるで興味がないらしく、近藤が言い捨てて歩き出した。

「家元といいますと……」

「鴨川のほとりに大きな屋敷があるでしょ。あそこですよ」

若い侍が教えてくれた。

それは、ゆずとの婚儀が進んでいた若宗匠の屋敷であった。

五

宗家の門前に立つと、真之介は息をととのえた。開いた門の奥に風雅な露地が見える。敷石はしっとりと水が打ってある。春の庭木はつややかだ。真之介は襟を直し、袴の埃をはらった。

一歩踏みこむと、兜門《かぶともん》の控えにいた門番が声をかけた。

「どちらさまでございますやろ」

釜の一件を話すと門番が顔をゆがめた。

「あんた、壬生浪《みぶろ》の押し売り仲間か」

「いいえ。三条小橋の道具屋でございます。ぜひともその釜、引き取らせていただきたくて参上いたしました」

「ちょっと待ってなはれ」

門番が奥に駆け込んだ。ずいぶん長い時間、待たされた。

「こちらへ」

と、黒羽織を着た男に案内されたのは、中門をくぐった露地の奥の茶室である。

「若宗匠がおいでです。お上がりなさい」

躙口《にじりぐち》を開けると、なかは三畳の茶室であった。床の間に、墨蹟。炉にかけた釜の湯がたぎっている。

若宗匠は、瞑目して、炉の前に端然とすわっていた。

「失礼いたします」

両手をついて挨拶すると、じろりと睨まれた。

「やっぱり、あんたやったか。あんなけったいな名物、だれが考えついたのかと思うたけど、あんたならやりそうや」

言い訳も説明もするつもりはない。

「単刀直入に申し上げます。あの釜のかけら、買わせていただきとうて参上いたしました。お譲り願えませんでしょうか」

くく、と若宗匠が笑った。

「そうやなぁ。譲らんこともないけど、なにしろ天下に名高い平蜘蛛の釜。破片といえども一万両は出してもらわんとな」

畳についた手を、思わず握りしめた。開き直ることも、尻をまくることもできない。

「それではお値段が高すぎて手が出ません。なにとぞご配慮願えませんやろか」

釜の湯が、こぉぉぉ、と松風の音を響かせている。

「そうやなぁ、考えんこともないけどな」

「なにとぞ、なにとぞ、お願いいたします」

「そやけど、あんた、なんであんなくず鉄にこだわるのや」

「よそ様からの預かり物でございましたのに、粗忽なことに売ってしまいました」

「預かり物なぁ。おたくは、ずいぶん、物騒な物を預からはるのやなぁ」

「えっ」

と、顔を上げた。

「あんたが買いに来たというので、箱を調べてみた。あんたいったい何者や。天下に謀叛でも起こすつもりか」

「なんのことやらわかりません。わたしは、ほんまにただお預かりしただけ。なかになにがあったものやら……」

「こんなものや」

若宗匠が懐から手を出すと、短筒を握っていた。黒くがっしりした西洋式の銃である。銃口が真之介の額に向けられた。

「知らんかったとは、いわさんで」

「まことに存じませんでした」

「こんなもん隠して売ってると奉行所に届けたら、あんたの店なんかすぐに潰されてしまう」

「いいえ、ほんまに知らぬことでございます」

「ふん。知ってようが知るまいが、どうでもええことや。あんた、どうしてもこれがいるのやな？」

のっぺりした色白の顔が、醜くゆがんだ。

「はい。なんとしても、買い取らせていただきとう存じます」

「うちはな、押しかけてきた壬生浪から、無理に百両で買わされたんや」

鉄くずを見つめた土方が考えていたのは、それを大金に化けさせる算段だったのだ。

「それでしたら、二百両で買わせていただきます」

「あほらし。御道具は、うちが持ってたら、ぐんと値が上がるのは知ったはるな」

知らぬはずがない。どんな詰まらぬ茶道具でも、家元が銘を与えて箱を書けば、とたんに価格が跳ね上がる。

「そしたら、お代は……」

「人ひとり、もらおうか」

「………」

「ゆずはんを、連れて来なはれ。そしたら、この短筒、渡そうやないか」

「無茶な……」

「あんたの口からそんな殊勝な言葉を聞くとは思わんかった。先にわたしが言い交わしてた許嫁《いいなずけ》を、さらって行った横紙破りは、どこの誰や」

真之介は唇をなめた。

「そやけど、ゆずはもう、眉を抜き、歯を黒く染めております。いまさらこちらにお輿入れとなりますと、ご体面が……」

「そんなものに拘《こだわ》るようでは茶人やない。茶の湯者は、美しいものにだけ拘ったらええのや。とにもかくにも、ゆずはんを一人でここに来させなさい。話は直接つける」

ついっと立ち上がると、若宗匠は茶道口《さどうぐち》のふすまを立ったまま開いて出て行った。

真之介のとり残された狭い茶室に、釜の湯の音だけがくぐもって響いていた。

六

その日のうちに、ゆずは家元の屋敷を訪ねた。

門番につげると、すぐに露地から茶室にとおされた。

茶室には、若宗匠がひとりですわっていた。

「お願いでございます。平蜘蛛の釜の破片、お譲りくださいませ」

両手をついて頼んだ。

「破片だけでええのんか？」

「いえ……、短筒も……、お願いいたします」

ゆずが額を畳にするほど頭を下げると、若宗匠が愉快そうに笑った。

「気持ちええなぁ。人から頭を下げられて、これほどええ気持ちになったのは、生まれて初めてや」

家元の茶室は、まさに市中山居《しちゆうさんきよ》の趣で、京の町中にあるというのに、物音ひとつしない。ただ釜の松籟《しようらい》だけがとぎれることなくつづいている。

「お願いでございます」

「あんたがうちに嫁に来るなら、あの男に譲ってやってもええ。どうや。簡単な話やろ」

「わたしは、もう人の嫁でございます」

若宗匠がにやりと微笑んだ。

「あんた、利休居士の嫁の話をご存じやろ」

ゆずは頷いた。

「利休居士は、能楽師の嫁さんにずっと懸想《けそう》して、ついには奪って後妻に迎えはった。わたしもその伝でいかせてもらうつもりや」

それは利休の後妻宗恩《そうおん》の有名な話だ。ただし、二人が正式に結ばれたのは、宗恩が前夫と死別、利休が先妻を亡くして老境になってからと聞いている。若宗匠の解釈はずいぶんねじ曲がっている。

「お気持ちはようわかりました。こんなわたしでも、思うていただけるのはありがたいかぎり。それでも嫁入りは女にとって一生の大事。ひとつお願い申し上げてよろしいでしょうか」

「おお、なんや。なんでもいうてみなはれ」

「はい。利休居士に嫁いだ宗恩様は、それだけ利休居士を恋しいお方と慕っておいでやったはず。わたくしも、いまの夫よりお慕いできる方ならば、夫など捨ててよろこんで嫁に参ります」

若宗匠の顔が無邪気にほころんだ。

「ほんまか。ようい うてくれた」

「いつわりはございません。そやけど、うちがお慕いするのは、なんというてもしっかり頼もしい殿方でございます」

「それはそうやろ。いずれ家元となるわたしなら、文句はないはず」

「いいえ、うちは肩書きやら箱書きには惑わされまへん。道具屋の娘に生まれついたのが身の因果。箱書きの嘘《うそ》まやかしは、さんざん承知しております」

「ほたら、どないするといいたいのや」

「なかみでございます。大切なのは箱書きより、箱の中」

「それは、当たり前や」

「若宗匠は、道具の目利きをなさいますでしょうか」

「お茶は、なによりも亭主と客のこころの通い合い。道具に淫するのは下の下——。とはいえ、名物の目利きができけんで家元は張れんやないか」

ゆずはうなずいた。

「鍾馗《しょうき》」

声をかけると、躙口《にじりぐち》がすっと開いた。手代の鍾馗がちいさな風呂敷包みを畳に置いた。

「本日、茶入をふたつ持参いたしました。ふたつとも名物九十九茄子《つくもなす》。ひとつが本物。もうひとつは贋物《がんぶつ》でございます。みごとそれを目利きなさいましたら、この身ひとつ、よろこんで若宗匠様の嫁にしていただきます」

「平蜘蛛の釜のつぎが九十九茄子やと。松永弾正の怨霊でも取り憑《つ》いたか」

そもそも九十九茄子は、足利義満秘蔵の唐物茶入であった。

代々足利家に伝えられていたが、家臣の山名家にゆずられ、その茶道の師匠であった村田珠光が、九十九貫文で買い受けたところから、その銘がついている。

この名物茶入は、人から人の手にわたり、やがて松永弾正久秀が千貫文で買い取り、織田信長に献上した。

「九十九茄子やなんて、そんなもんがあんたらの店にあるはずないやないか。あれはたしか……」

「はい。たしかにうちにはございません。わたくしの実家のからふね屋に行って借りて参りました。ただ、うちにもひとつ贋作がございました」

信長が愛蔵していた九十九茄子は、秀吉に譲られ、子の秀頼に譲られ、大坂夏の陣で城とともに焼けてしまった。

ところが、灰燼《かいじん》からそれを掘り出した者がいた。

徳川家康の命を受けた藤重藤元《ふじしげとうげん》という漆《うるし》職人である。

割れて砕けた九十九茄子を、藤重は丹念に漆でつくろった。あまりみごとに修復したので、感激した家康から、藤重はその九十九茄子を褒美に賜った。代々藤重家に伝わっていたが、ちかごろ困窮してからふね屋にあずけたのである。

「待てよ。九十九茄子ならいつやったか、茶会で使うたことがある……」

藤重家で秘蔵されていたはずだが、家元の頼みとあれば、よろこんで貸しただろう。

ゆずは、唾を飲み込んだ。

「それやったら、ようご記憶のはず。ふたつにひとつの本物を目利きなさってください。わたしの身のふり方は、その鑑定で決めさせていただきとう存じます。お間違いになったときは、平蜘蛛の釜、お返しくだささい」

「ええやろ。それくらいの目が利かんで家元にはなれんわい」

ゆずは、若宗匠から見えぬように後ろを向き、風呂敷をほどいて、ふたつの漆塗りの箱を取り出した。

本物の箱はしっかり三重になっている。贋物のは二重箱だ。なかの桐箱から茶入を出して仕覆《しふく》を脱がせ、右と左を何度か置き換えた。どちらの箱から出したのかわからないようにしてから向き直り、若宗匠の前にふたつならべて置いた。

「どちらかが本物の九十九茄子。若宗匠の目利きの眼力、とくと見定めさせていただきます。存分にご覧くださいませ」

ゆずは、両手をついて頭をさげた。

若宗匠が低く唸った。畳に手をついてしげしげ見比べている。

ふっくらと丸みのある品のよい茶入である。漆で繕《つくろ》った痕跡は中をのぞいてさえまるで判別がつかない。黒ずんだ栗色の地に柿色の釉薬《ゆうやく》がたっぷりかかっている。うり二つ、そっくりそのまま同じ物があると見紛うが、やはり肌の景色や艶が微妙にちがっている。

しばらく眺め、手に取って見ている。聞こえるのは、釜の音ばかり。若宗匠がなんども唸り声を発した。

「あほらし。これ、どっちも贋物やろ」

「いいえ、ひとつは紛れもなく本物」

「ほな、箱を見せてみなはれ」

箱書きのほうがよほど誤魔化しがききにくいことをさすがによく知っている。ゆずはためらった。

「どっちの箱かわからんようにしたらええやないか」

若宗匠が横を向いたので、ゆずは、また後ろを向くと、箱をなんども置き換えた。どちらの中箱も古い桐だ。手蹟はちがうが、どちらにも「茶入九十九茄子」と書いてある。

また向き直って箱を置くと、若宗匠が、箱の蓋を手に取って裏返した。

「ああ。たしかに本物や。前に預かったとき、祖父さんが箱書きしよったんや」

蓋の裏には、先代家元の名と花押《かおう》が書き込んであった。もう一枚の蓋には、べつの宗匠の箱書きがあった。

「いかがです。ひとつはまぎれもなく本物の九十九茄子。それを目利きなさってくださいませ」

若宗匠がまた唸った。脂汗をながすほどに顔がこわばっている。長い時間考えていたが、ようやく片方を選んだ。

「こっちや」

庭でうぐいすがひとつ鳴いた。

「それで、よろしゅうございますか？」

「ちょっ、ちょっと待て」

若宗匠は、もういちど、ふたつの茶入を見くらべた。

「ああ、まちがいない。景色といい品といい、これにちがいない」

ゆずは、若宗匠の目を見すえた。

しずかに首を横にふった。

「残念でございます」

「あほな。こっちや。こっちにまちがいない。こっちのほうが格段に出来がええやないか」

「いいえ、本物はこちらでございます」

もうひとつの茶入を、ゆずは手にとった。

「嘘をつけ。騙すつもりやな。わしかて、名物道具はくさるほど見てきた。絶対にこっちが本物や。本物の風韻があるわい」

「ちがいます。こっちどす」

それでも若宗匠は納得していない。そんなはずはない、と、しつこく言い立てている。

「しつこいお方。うち、諦めの悪い男はんは嫌いどす」

ゆずは若宗匠に躙《にじ》り寄り、手にした茶入を取り上げた。

懐から帛紗《ふくさ》を引き抜くと、湯気を立てている釜の蓋を摘《つま》み、大きく振りかざして茶入を砕いた。

「あっ」

若宗匠の口が開いたまま閉じない。若宗匠が本物だと断じた九十九茄子は粉々だ。

「これで得心していただけましたでしょうか」

「そうか……、そうみたいやな……」

「それではこれで失礼いたします」

ゆずは、砕いた茶入のかけらを丹念に拾い、懐紙に包んで片付けた。

「あんた……」

「はい」

「度胸のすわったええ女やな。わしはまた惚れ直した。諦めへんで。いつか必ず嫁にしてみせる」

「おおきに。女冥利につきます」

深々と頭をさげて、ゆずは躙口から茶室を出た。


とびきり屋に帰ると、店の者たちが心配そうな顔でゆずと鍾馗を迎えた。

「どないどした？　だいじょうぶでしたか」

番頭の伊兵衛が帳場から立ち上がった。

「へぇ。なんとかうまいこといきました」

「そしたら、あれも、無事に……」

「だいじょうぶです。ここにたしかに入っております」

鍾馗が、背負っていた風呂敷包みを店の框《かまち》におろした。

「旦さんは、どこに行かはったんえ？」

ゆずが出かけるとき、真之介がしきりにじぶんの不甲斐なさを嘆いていた。理由はなんであれ、若宗匠のところにゆずを使いにやるのは、じぶんの甲斐性のなさだと思っていたようだ。

——そんなん、気にせんといておくれやす。

声をかけて出かけたものの、真之介はずいぶん気にしているはずだ。

「へぇ。奥でお待ちです」

ゆずが奥に行こうとすると、内暖簾をくぐって真之介が顔を見せた。気のせいか、どこか寂しげだ。

「だいじょうぶやったか？」

「へぇ。なんとか無事に取りもどしてきました」

「そらよかった」

「そやけど、九十九茄子ひとつ、割ってしまいました」

「かまへん。おまえが無事に帰ってきたのならそれでええ」

「お女房《かみ》はん、自分で割らはったんです。茶室のなかでガシャンって音がしたときは、心の臓がほんまに喉から飛び出しそうになりました。よっぽど中に飛び込もうかと、気が気やありまへんでしたで」

茶室の軒下で控えていた鍾馗が、手柄話のように語っている。

「大事なもんがもどってなによりやった。まずは目出度い」

真之介の顔が安堵にやわらいでいるが、じぶんの力で解決できなかったのを、気にしているようだ。

「ほんまどす。これがなかったら、高杉はんにも坂本はんにも、合わす顔があらしまへん」

ゆずは、平蜘蛛の釜の箱を撫でた。奥の隠し蓋のなかに、ちゃんと短筒がしまってある。

「預かり物のことやない。おまえのことや。ひとつ間違うたら、おまえ、若宗匠はんの嫁にされるところやったやないか」

「そうなってたら、どないしはりました？」

いたずらっぽい目で、ゆずは真之介を見つめた。

「どないもこないも、そうなってしもたら、町のがらくた屋ふぜいが、家元に手は出せんやないか」

「ほな、指をくわえて諦めはるんどすか？」

「いや、諦めはせん。なんとしてでも取り戻しに行く」

「どうやって？」

「どうやってかはわからんが、死にもの狂いになったら、でけんことはないやろ。なんも術《すべ》がなかったら、夜中に忍び込んで攫《さろ》うてしまうわい」

「よかった。あんたやったら、うちが失敗しても、きっと連れ戻しに来てくれはると信じてましたもん。そやから大それたこともできたんどす」

真之介と暮らし、ゆずにはそんな確信ができあがっていた。

「あのぅ、九十九茄子、手に取って見せてもろうてええでしょうか？」

鍾馗がおずおずたずねた。

「かまへんよ、そやけどそれ……」

番頭の伊兵衛や手代たちが群がって、鍾馗の手元を見つめた。ごつい手がそっと仕覆の紐をといて、なかの茶入を取り出した。ふっくらと品のよい茶入だ。

「本物は、やっぱり違いますな」

伊兵衛が目を大きく見開いた。

「そらそうや、これだけの風格は、本物ならではのもんや。ほら、どうや、この釉薬の具合なんか、絶品やろ」

真之介がしきりに蘊蓄をかたむけている。そのままにしてやりたいが、店の者を騙すわけにはいかない。

「あんた。ちょっと」

「えっ？」

耳もとでささやいた。

「それ、贋物どすえ」

「なんやと」

一同がゆずを見た。ささやきが、聞こえたようだ。

「うちのお父はん、ものすごう吝嗇《けち》やし、だれがどんなに頼んでも、本物なんか絶対に貸さはりまへん。本物は、からふね屋の床の間に飾ってあります」

「ほしたら……」

「割ったのは贋物、それも贋物。本物は、お父はんを拝み倒して借りてきた箱だけどす。その箱を借りるだけでも、お父はん、どれだけ渋らはったか。往生したんどすえ」

真之介が、月代《さかやき》を撫でた。

「まいったな。おれの目は節穴か」

「ふふ。かまへんやないどすか。本物か偽物かは、うちがちゃんと見極めます。あんたは本物。正真正銘のええ男やし」

茶道具の目利きはじぶんが一枚上手でも、ゆずは、真之介が、ものごとの本質をちゃんと見抜く眼力のある男だと信じている。その点では、なんの疑いももっていない。

真之介には、ゆずがとても頼もしい嫁に見えた。

そんな嫁に負けないだけのしっかりした夫にならなければならないと、真之介はこころのなかで強く決めた。

（文春文庫『千両花嫁　とびきり屋見立て帖』に収録）

解説

末國善己

農業にしても、商工業にしても、産業規模が小さかった江戸時代は、家族が一丸となって商売をしていた。明治に入ると日本でも産業の規模が大きくなり、男性は外で働き、女性は家庭に入って家事と育児をする性別による役割分担ができたと思われがちだが、まだ家族経営の農家や家内制手工業も多く、家族全員で働く家が圧倒的に多かった。専業主婦は、都市部の大企業で働くホワイトカラーの月給取り（近代に入っても長く職工などは日給だった）が増えてくる明治末から大正初期に生まれたようだがマイノリティで、衛生観念の浸透で料理、掃除、洗濯、育児の手間が膨大になったので、女中を雇わないと家事がこなせない状況だったようだ。

専業主婦は、国の政策的な後押しもあって高度経済成長期の一九五〇年代から広まり、最も専業主婦の比率が高かったのが一九七五年。一九九〇年代は専業主婦と共働き家庭の比率は拮抗していたが、二〇〇〇年以降は一貫して共働き家庭が増加し、現在では再び専業主婦はマイノリティになっている。

現代の日本で共働き家庭が一般的になったのは、日本経済の長期低迷で夫婦どちらかの収入では生活が維持できなかったり、結婚、出産後も仕事と家庭の両立を選ぶ夫婦が増えたりと色々な要因があるのだろうが、共働き家庭が多くなった現代の日本では、江戸の昔のように、仕事と夫婦生活、あるいは家庭のバランスをどのように取るかが課題となっている。「商売繁盛」に続くお仕事時代小説アンソロジーの本書「夫婦商売」は、夫婦で商売を営む主人公が登場する傑作六編をセレクトした。

本書に登場する夫婦の仕事の悩み、家庭の悩みは、共働きが当たり前になった現代人も、我が事のように感じられるはずだ。

山本一力「もみじ時雨」は、深川冬木町にある架空の商店街まねき通りを舞台にした『まねき通り十二景』の一編である。

父親が創業した履き物屋「むかでや」の跡取りだった藤三郎は、二十代半ばで鼻緒造りの職人を父に持つ二十歳のおみねと結婚した。二人の仲のよさは町内でも評判で、鼻緒に詳しいおみねのコーディネートを目当てに来る客も増え商売も順調だったが、夫婦の唯一の悩みは子宝に恵まれないことだった。結婚から十八年目、ようやく子供を授かったおみねだが、今度は高齢妊娠に悩むことになる。妊娠したことでいつにも増しておみねを気遣う藤三郎と、仲間の幸せを心から祝福する商店街の人たちの想いが結び付くクライマックスは、家族にとっても、商売にとっても最も大切なのが〝情〟であると気付かせてくれる。

冬木町は、周辺との合併を繰り返しながらも東京都江東区冬木として江戸から続く町名を守っているので、本書を片手に現地を訪れてみるのも一興である。

諸田玲子「駆け落ち」は、男と女の様々な関係を描く短編集『めおと』の一編。東海道の吉原宿で旅籠《はたご》を営む紀代は、客の男女が駆け落ちしていると見抜く。実は紀代と、今は昼日中から酒を飲んでいる亭主の庄左衛門は駆け落ちした過去があり、苦労に苦労を重ねて開いたのが吉原宿の旅籠だった。二人を助けたいと考えた紀代は抜け道を教えるが、駆け落ち者の命を狙う追手が吉原宿に現れた。翌早朝、紀代から話を聞いた庄左衛門は、二人が危険だといって後を追う。

駆け落ちをした紀代と庄左衛門が経験した苦難の道と、追手から逃れようとしている二人の現在を重ねながら徐々に事件の全貌を明らかにしていく展開は、静かながら圧倒的な緊迫感があり思わず引き込まれてしまうのではないか。長い逃亡生活で堕落したかに見えた庄左衛門が、凜々しく豪胆だった武家の時代に戻ったかのように、二人を救うべく奮闘する後半は、ハードボイルドのようなテイストがある。

そして事件の結末は、恋愛も、仕事も、幸福になるか不幸になるかは紙一重であり、それを自覚しつつどのような人生を選択するかを突き付けており印象に残る。

澤田瞳子「痛むか、与茂吉」は、東海道を旅する人たちに着目した『関越えの夜東海道浮世がたり』の一編で、熱田神宮の門前町・宮宿で起こる事件が描かれる。

真面目すぎて何かあると胃が痛む舛屋の手代・与茂吉は、主人の嘉兵衛に、大坂の回船問屋に嫁いだ妹を訪ねる妻お浜の供を命じられ東海道を旅していた。仕事や職場の人間関係からくるストレスで胃痛を経験した人は少なくないはずなので、与茂吉への共感は大きいのではないだろうか。

子供がいないお浜は、妹の子供を養子に迎える相談のため大坂に向かっていたが、それを阻止したい嘉兵衛は与茂吉に密命を与えていた。物語が進むにつれ、与茂吉を挟んで嘉兵衛とお浜が騙し合いをしていたことが分かってくるので、スリリングな展開が楽しめる。

宮仕えをしていると、与茂吉のように危ない橋を渡る命令を受けることがある。忠義のため使命を果たそうとした与茂吉の葛藤は、勤め人が忠義を尽くすべきは上司や社長という個人なのか、それとも上司や社長が替わっても続く会社組織なのかを問い掛けており、考えさせられる。

宇江佐真理「粒々辛苦」は、口入れ屋（周旋業）の娘おふくが、派遣した女性がすぐに辞める難しい雇い主の店で働く『口入れ屋おふく　昨日みた夢』の一編。

今回、おふくが派遣されるのは箸屋の桶正だけに、千利休が自ら赤杉を削って作ったのが由来の高級品「卵中」、箸の角を削って頭から見ると小判形に見える「小判」、〝土用の丑の日〟が始まった頃に鰻屋が使い始めた竹製の「引裂箸」など、箸の歴史が紹介されているのも面白い。

桶正では、主が伊勢に旅立ち、お内儀も骨休めのため実家に戻ることになったので、おふくは店に残ったご隠居の世話を頼まれた。だが大黒柱であるべき主夫婦が不在の桶正では、次々とトラブルが起こってしまう。その一つは、桶正の安い給金に耐えられなくなった職人たちの叛旗。経済の長期低迷が続く日本では、長く給料が上がらない状況が続いており、職人たちの不満は身につまされるのではないか。

汗と努力で仕事を成し遂げる「粒々辛苦」を大切にして欲しいというご隠居の想いが、桶正の主夫婦に伝わるかを問うラストは、同じように安楽に流れ「粒々辛苦」を忘れつつある現代人への警鐘のように思えた。

青山文平「逢対」は、政治的陰謀劇や派閥抗争ではなく、家を守るための恋愛や結婚に焦点を当てた武家小説『つまをめとらば』の一編。

　商売もののアンソロジーに武家小説が収録されていることに違和感を持つ読者がいるかもしれないが、商売には職業の意味もあり、本作に登場する下級の武士は会社勤めをしている現代人と変わらないので、異色の商売ものとして取り上げてみた。

　父子二代にわたる無役の旗本・竹内泰郎は、煮売屋を営む里と恋仲だったが、結婚に踏み込めないでいた。その理由は、里を結婚するほど好きではないためか、貧乏暮らしのためか、夫となり父となる自信がないためか、泰郎も判然としていない。その一方で里は、将来、自分の老後の面倒を見てくれる娘を産むことが重要であり、そのためであれば正妻でも妾でも構わず、子供ができたら別れると割り切った考え方をしている。日本では、家庭を支え、家の存続や国家の繁栄のため子供を産むのが女性の役割とされた時代が長かったが、「逢対」の里は泰郎を子種をくれる存在と見なしており、その徹底した合理性は算学が得意な泰郎もついていけない。ここには性別を入れ替えることで、男性が女性にしてきた仕打ちを明確化する意図があったように思える。

　役をもらうため有力者の家に行く逢対を十六歳の時から十二年続けている幼馴染みの北島義人から、逢対のため屋敷の前に並ぶ無役の旗本を丁寧に扱う若年寄の長坂備後守秀俊の話を聞いた泰郎は、二人で備後守の屋敷に向かうが、なぜか役付きの話がきたのは泰郎だった。泰郎に白羽の矢が立った驚愕の理由は、ミステリーとしても高く評価された『半席』『泳ぐ者』に通じるホワイダニットとしても秀逸だ。

　本作を読むと、仕事がない状況が人の尊厳を奪う現実がよく分かる。いってみればようやく就職先が見つかった泰郎が、働くことにも、里との恋愛にも一定の結論を出すラストは、人が絶対に忘れてはならない矜恃を描くことで、仕事も私生活も経済効率だけで動きがちになっている現代の状況に一石を投じていた。

　山本兼一「平蜘蛛の釜」は、京でも有数の茶道具商からふね屋の娘ゆずと二番番頭だった真之介が、駆け落ちして開いた道具屋「とびきり屋」に持ち込まれる道具にまつわる騒動に挑む〈とびきり屋見立て帖〉シリーズの一編で、高杉晋作、坂本龍馬、近藤勇、土方歳三ら幕末の偉人が顔を出すのも読みどころとなっている。

　ある日、ゆずは、高杉晋作から戦国時代の武将・松永弾正が織田信長に攻められた時に抱いたまま爆死したとされる平蜘蛛の釜の破片が入った箱を坂本龍馬に渡して欲しいと頼まれるが、それを知らない真之介が新選組に売ってしまった。新選組の土方は、その破片と箱をかつてゆずとの縁談がまとまりかけていた茶の若宗匠に高値で押し売りした。ゆずは破片と箱を取り戻すため、因縁のある若宗匠と大名物・九十九茄子の目利き勝負をすることになる。ゆずは幼い頃から名物に触れ、道具商いにも接した経験を活かした策略をめぐらすが、その策が浮かび上がらせるのは、肩書きに惑わされず本質を見抜く能力を磨く重要性である。時流に乗り遅れた大企業が没落し、名も無きベンチャーが世界的な企業に躍進するのも珍しくなくなった今、働く意味を考える上でも、ゆずの言葉は胸に刻んでおく必要がある。

日本では二〇二〇年一月に始まった新型コロナウイルス感染症（COVID-19）の流行は、仕事では新型コロナによる倒産、通勤からリモートへの転換があり、家庭では新型コロナのパンデミックが深刻か否かやワクチンの安全性をめぐる対立などを誘発し、コロナ離婚なる言葉も誕生した。本書には、働き方も、家庭のあり方も大きな変化を遂げつつあるなか、こうした時代にどのように向き合うべきか、そのヒントも隠されていると考えている。

本書は文庫オリジナルです。

夫婦商売《めおとしようばい》

時代小説《じだいしようせつ》アンソロジー

青山文平《あおやまぶんぺい》　宇江佐真理《うえざまり》　澤田瞳子《さわだとうこ》
諸田玲子《もろたれいこ》　山本一力《やまもといちりき》　山本兼一《やまもとけんいち》
末國善己《すえくによしみ》＝編

令和4年 3月25日　初版発行

発行者●堀内大示

発行●株式会社KADOKAWA
〒102-8177　東京都千代田区富士見2-13-3
電話　0570-002-301（ナビダイヤル）

角川文庫 23117

印刷所●株式会社暁印刷
製本所●本間製本株式会社

表紙画●和田三造

●お問い合わせ
https://www.kadokawa.co.jp/（「お問い合わせ」へお進みください）
※内容によっては、お答えできない場合があります。
※サポートは日本国内のみとさせていただきます。
※Japanese text only

ISBN 978-4-04-112251-8　C0193

◇◇◇

角川文庫発刊に際して

角川源義

第二次世界大戦の敗北は、軍事力の敗北であった以上に、私たちの若い文化力の敗退であった。私たちの文化が戦争に対して如何に無力であり、単なるあだ花に過ぎなかったかを、私たちは身を以て体験し痛感した。西洋近代文化の摂取にとって、明治以後八十年の歳月は決して短かすぎたとは言えない。にもかかわらず、近代文化の伝統を確立し、自由な批判と柔軟な良識に富む文化層として自らを形成することに私たちは失敗して来た。そしてこれは、各層への文化の普及滲透を任務とする出版人の責任でもあった。

一九四五年以来、私たちは再び振出しに戻り、第一歩から踏み出すことを余儀なくされた。これは大きな不幸ではあるが、反面、これまでの混沌・未熟・歪曲の中にあった我が国の文化に秩序と確たる基礎を齎らすためには絶好の機会でもある。角川書店は、このような祖国の文化的危機にあたり、微力をも顧みず再建の礎石たるべき抱負と決意とをもって出発したが、ここに創立以来の念願を果すべく角川文庫を発刊する。これまで刊行されたあらゆる全集叢書文庫類の長所と短所とを検討し、古今東西の不朽の典籍を、良心的編集のもとに、廉価に、そして書架にふさわしい美本として、多くのひとびとに提供しようとする。しかし私たちは徒らに百科全書的な知識のジレッタントを作ることを目的とせず、あくまで祖国の文化に秩序と再建への道を示し、この文庫を角川書店の栄ある事業として、今後永久に継続発展せしめ、学芸と教養との殿堂として大成せんことを期したい。多くの読書子の愛情ある忠言と支持とによって、この希望と抱負とを完遂せしめられんことを願う。

一九四九年五月三日

角川文庫ベストセラー

雷桜　宇江佐真理

乳飲み子の頃に何者かにさらわれた庄屋の愛娘・遊（ゆう）。15年の時を経て、遊は、狼女となって帰還した。そして身分違いの恋に落ちるが――。数奇な運命を辿った女性の凛とした生涯を描く、長編時代ロマン。

三日月が円くなるまで　小十郎始末記　宇江佐真理

仙石藩と、隣接する島北藩は、かねてより不仲だった。島北藩江戸屋敷に潜り込み、顔を潰された藩主の汚名を雪ごうとする仙石藩士。小十郎はその助太刀を命じられる。青年武士の江戸の青春を描く時代小説。

通りゃんせ　宇江佐真理

25歳のサラリーマン・大森連は小仏峠の滝で気を失い、天明6年の武蔵国青畑村にタイムスリップ。驚きつつも懸命に生き抜こうとする連と村人たちを飢饉が襲い……時代を超えた感動の歴史長編！

昨日みた夢　口入れ屋おふく　宇江佐真理

逐電した夫への未練を断ち切れず、実家の口入れ屋「きまり屋」に出戻ったおふく。働き者で気立てのよいおふくは、駆り出される奉公先で目にする人生模様から、一筋縄ではいかない人の世を学んでいく――。

龍華記　澤田瞳子

高貴な出自ながら、悪僧（僧兵）として南都興福寺に身を置く範長は、都からやってくるという国検非違使別当らに危惧をいだいていた。検非違使を阻止せんと、範長は般若坂に向かうが――。著者渾身の歴史長篇。

角川文庫ベストセラー

山流し、さればこそ　諸田玲子

寛政年間、数馬は同僚の奸計により、「山流し」と忌避される甲府勝手小普請へ転出を命じられる。甲府は城下の繁栄とは裏腹に武士の風紀は乱れ、数馬も盗賊騒ぎに巻き込まれる。逆境の生き方を問う時代長編。

めおと　諸田玲子

小藩の江戸詰め藩士、倉田家に突然現れた女。若き当主・勇之助の腹違いの妹だというが、妻の幸江は疑念を抱く。「江戸褄の女」他、男女・夫婦のかたちを描く全6編。人気作家の原点、オリジナル時代短編集。

青嵐　諸田玲子

最後の侠客・清水次郎長のもとに2人の松吉がいた。一の子分で森の石松こと三州の松吉と、相撲取り顔負けの巨体で豚松と呼ばれた三保の松吉。互いに認め合う2人に、幕末の苛烈な運命が待ち受けていた。

楠の実が熟すまで　諸田玲子

将軍家治の安永年間、京の禁裏での出費が異常に膨らみ、経費を負担する幕府は公家たちに不正があるのではないかと睨む。密命が下り、御徒目付の姪・利津が女隠密として下級公家のもとへ嫁ぐ。闘いが始まる！

梅もどき　諸田玲子

関ヶ原の戦いで徳川勢力に敗北した父を持ち、のちに家康の側室となり、寵臣に下賜されたお梅の方。数奇な運命に翻弄されながらも、戦国時代をしなやかに生きぬいた実在の女性の知られざる人生を描く感動作。

角川文庫ベストセラー

奸婦《かんぷ》にあらず
諸田玲子

その美貌と才能を武器に、忍びとして活躍する村山たかは、ある日、内情を探るために近づいた井伊直弼と思わぬ恋に落ちる。だが2人は、否応なく激動の時代に呑み込まれていく……第26回新田次郎文学賞受賞作！

道三堀のさくら
山本一力

道三堀から深川へ、水を届ける「水売り」の龍太郎には、蕎麦屋の娘おあきという許嫁がいた。日本橋の大店が蕎麦屋を出すと聞き、二人は美味い水造りのため力を合わせるが。江戸の「志」を描く長編時代小説。

ほうき星 (上)(下)
山本一力

江戸の夜空にハレー彗星が輝いた天保6年、江戸・深川に生をうけた娘・さち。下町の人情に包まれて育つ彼女を、思いがけない不幸が襲うが。ほうき星の運命の下、人生を切り拓いた娘の物語、感動の時代長編。

長兵衛天眼帳
山本一力

老舗眼鏡屋・村田屋の主、長兵衛はすぐれた知恵と家宝の天眼鏡で謎を見通すと評判だった。人殺しの濡れ衣晴らしに遺言状の真贋吟味。持ち込まれた難問の裏には、様々な企みが隠されていて……。

信長死すべし
山本兼一

甲斐の武田氏をついに滅ぼした織田信長は、正親町帝に大坂遷都を迫った。帝の不安と忍耐は限界に達し、ついに重大な勅命を下す。日本史上最大の謎を、明智光秀ら周囲の動きから克明に炙り出す歴史巨編。

角川文庫ベストセラー

文庫版 豆腐小僧双六道中 ふりだし　京極夏彦

豆腐を載せた盆を持ち、ただ立ちつくすだけの妖怪「豆腐小僧」。豆腐を落としたとき、ただの小僧になるのか、はたまた消えてしまうのか。「消えたくない」という強い思いを胸に旅に出た小僧が出会ったのは!?

文庫版 豆腐小僧双六道中 おやすみ　京極夏彦

妖怪総大将の父に恥じぬ立派なお化けになるため、豆腐小僧は達磨先生と武者修行の旅に出る。芝居者狸《しばいもんだぬき》らによる〈妖怪総狸化計画〉。信玄の隠し金を狙う人間の悪党たち。騒動に巻き込まれた小僧の運命は!?

文庫版 オジいサン　京極夏彦

益子徳一（72）は一人暮らし。誰かに「オジいサン」と優しく呼ばれたことを思い出したり、ゴミの分別で悩んだり、調子に乗って妙な料理を作ったり。あるがままに生きる徳一の、ささやかであたたかな1週間。

文庫版 厭な小説　京極夏彦

「厭で厭で厭で堪らなくって、それでみんな逃げ出したんだ。会社から、人生から、日常から、人間から——」あなたに擦り寄る戦慄と驚愕。厭なのに、ページを捲らずにはいられない。世にも奇怪な、7つの物語。

遠野物語 remix　京極夏彦　柳田國男

山で高笑いする女、赤い顔の河童、天井にぴたりと張り付く人……岩手県遠野の郷にいにしえより伝えられし怪異の数々。柳田國男の『遠野物語』を京極夏彦が深く読み解き、新たに結ぶ。新釈〝遠野物語〟。

角川文庫ベストセラー

嗤う伊右衛門　京極夏彦

鶴屋南北「東海道四谷怪談」と実録小説「四谷雑談集」を下敷きに、伊右衛門とお岩夫婦の物語を怪しく美しく、新たによみがえらせる。愛憎、美と醜、正気と狂気……全ての境界をゆるがせる著者渾身の傑作怪談。

覘き小平次　京極夏彦

幽霊役者の木幡小平次、女房お塚、そして二人の周りでうごめく者たちの、愛憎、欲望、悲嘆、執着……人間たちの哀しい愛の華が咲き誇る、これぞ文芸の極み。第16回山本周五郎賞受賞作!!

数えずの井戸　京極夏彦

数えるから、足りなくなる——。冷たく暗い井戸の縁で、「菊」は何を見たのか。それは、はかなくも美しい、もうひとつの「皿屋敷」。怪談となった江戸の「事件」を独自の解釈で語り直す、大人気シリーズ！

今昔百鬼拾遺　河童　京極夏彦

昭和29年、夏。複雑に蛇行する夷隅川水系に次々と奇妙な水死体が浮かんだ。「稀譚月報」記者・中禅寺敦子は、薔薇十字探偵社が調査中の案件との関わりを探るべく現地に向かう。怪事件の裏にある悲劇とは？

虚実《うそまこと》妖怪百物語　序／破／急　京極夏彦

魔人・加藤保憲が復活。時を同じくして、日本各地に妖怪が現れ始める。荒んだ空気が蔓延する中、榎木津平太郎、荒俣宏、京極夏彦らは原因究明に乗り出すが——。京極版〝妖怪大戦争〟、序破急3冊の合巻版！

角川文庫発刊に際して

角　川　源　義

第二次世界大戦の敗北は、軍事力の敗北であった以上に、私たちの若い文化力の敗退であった。私たちの文化が戦争に対して如何に無力であり、単なるあだ花に過ぎなかったかを、私たちは身を以て体験し痛感した。西洋近代文化の摂取にとって、明治以後八十年の歳月は決して短かすぎたとは言えない。にもかかわらず、近代文化の伝統を確立し、自由な批判と柔軟な良識に富む文化層として自らを形成することに私たちは失敗して来た。そしてこれは、各層への文化の普及滲透を任務とする出版人の責任でもあった。

一九四五年以来、私たちは再び振出しに戻り、第一歩から踏み出すことを余儀なくされた。これは大きな不幸ではあるが、反面、これまでの混沌・未熟・歪曲の中にあった我が国の文化に秩序と確たる基礎を齎らすためには絶好の機会でもある。角川書店は、このような祖国の文化的危機にあたり、微力をも顧みず再建の礎石たるべき抱負と決意とをもって出発したが、ここに創立以来の念願を果すべく角川文庫を発刊する。これまで刊行されたあらゆる全集叢書文庫類の長所と短所とを検討し、古今東西の不朽の典籍を、良心的編集のもとに、廉価に、そして書架にふさわしい美本として、多くのひとびとに提供しようとする。しかし私たちは徒らに百科全書的な知識のジレッタントを作ることを目的とせず、あくまで祖国の文化に秩序と再建への道を示し、この文庫を角川書店の栄ある事業として、今後永久に継続発展せしめ、学芸と教養との殿堂として大成せんことを期したい。多くの読書子の愛情ある忠言と支持とによって、この希望と抱負とを完遂せしめられんことを願う。

一九四九年五月三日

虚談《きよだん》

京極夏彦《きようごくなつひこ》

令和3年 10月25日　初版発行

発行者●堀内大示

発行●株式会社KADOKAWA
〒102-8177　東京都千代田区富士見2-13-3
電話　0570-002-301(ナビダイヤル)

角川文庫 22865

印刷所●株式会社暁印刷
製本所●本間製本株式会社

表紙画●和田三造

●お問い合わせ
https://www.kadokawa.co.jp/（「お問い合わせ」へお進みください）
※内容によっては、お答えできない場合があります。
※サポートは日本国内のみとさせていただきます。
※Japanese text only

ISBN 978-4-04-111541-1　C0193